KB097437

수호전

별에서 온 영웅들의 이야기

水滸傳

수호전

별에서 온 영웅들의 이야기

水滸傳

일러두기

1. 『이탁오선생비평충의수호전李卓吾先生批評忠義水滸傳』(明 萬曆 容與堂刊本. 100회본) 수록 삽화(『古本小說集成』영인본, 上海古籍出版社, 1990), 『이탁오선생평충의수호전李卓吾先生評忠義水滸傳』(明 崇禎 刊本), 『충의수호전전忠義水滸全傳』(120회본. 明 楊定見 重編, 三多齋刊本), 『종백경선생비평수호충의전鍾伯敬先生批評水滸忠義傳』(明 天啓 四知館刊本) 수록 삽화(『古本小說集成』영인본, 上海古籍出版社, 1990), 『수호엽자水滸葉子』(陳洪綬, 明刊本) 수록 삽화(『中國古畵譜集成』4, 尹瘦石 主編, 濟南: 山東美術出版社, 2000) 등에서 삽화를 사용했다.

2. 본문 내 삽화 설명글에서 출처는 줄여서 썼다. 『이탁오선생비평충의수호전』은 『이탁오비평』, 『이탁오선생평충의수호전』은 『이탁오평』, 『충의수호전전』은 『수호전전』, 『종백경선생비평수호충의전』은 『종백경』, 『수호엽자』는 『엽자』로 표기했다.

3. 책명, 정기간행물, 신문 등에는 겹낫표(『 』), 편명, 논문 등에는 홑낫표(「 」), 영화와 연극 작품 또는 노래에는 홑화살괄호(〈 〉)를 사용했다.

4. 중국어 인명은 국립국어원의 외래어표기법 세칙을 따랐고, 지명은 현재적 의미를 제외하고는 모두 한자음대로 표기하는 것을 원칙으로 했다.

5. 한자의 병기는 최초 노출 후 반복하지 않는 일반 표기의 원칙 대신 문맥의 이해를 위해 필요한 곳에는 반복적으로 한자를 병기했다.

6. 이 책에서 활용한 주요 저서나 문헌, 논문은 참고문헌에 정리해놓았다.

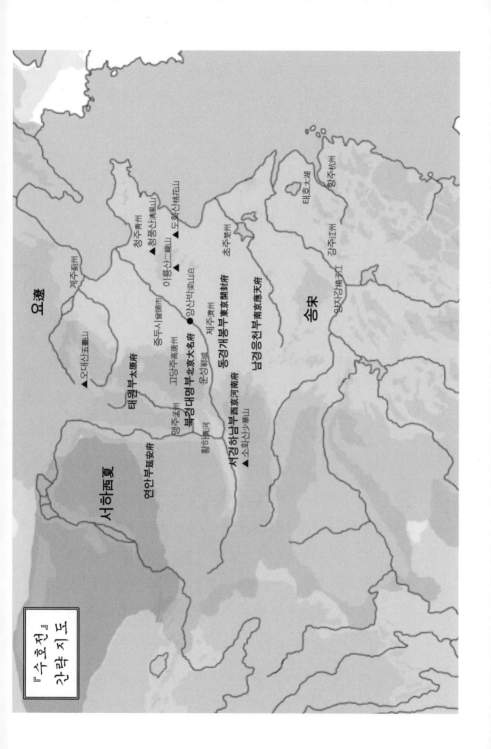

『수호전』
간략지도

요遼

서하西夏

송宋

연안부延安府
태원부太原府
맹주孟州
고당주高唐州
명주洺州
북경대명부北京大名府
운성郡城
서경하남부西京河南府
동경개봉부東京開封府
남경응천부南京應天府

황하黃河

오대산五臺山
청주靑州
청풍산淸風山
도화산桃花山
용산二龍山
양산박梁山泊
제주濟州
조주曹州

소화산少華山

태호太湖
강주江州
항주杭州
양자강楊子江
제주薊州
증두시曾頭市

판도라의 상자가 열리다

만민이 화락하여 즐거이 살아가며

태평천하 즐거움 다함이 없었거늘,

예악으로 다스려 풍악 소리 높던 땅이

창검이 난무하는 싸움터가 될 줄이야.

수호의 산채에 협사들 모여들고

양산박 안으로 영웅들 결집했네.

치란과 흥망을 곰곰이 따져보면

그것은 모두가 음양의 조화로다.

중국 역사상 가장 문약했던 통일왕조인 송나라 4대 황제 인종仁宗 치하의 어느 해 봄, 태평성세를 구가하던 중원 땅에 극심한 전염병이 창궐하여 삽시간에 전국을 휩쓸었다. 중국 전역은 감염으로 고통받고 죽어가는 사람들로 넘쳐났으며, 위정자들의 이런저런 조치에도 효험은커녕 상황은 더 심각해지고 사망자는 기하급수로 늘어갈

뿐이었다. 조정의 문무백관은 논의 끝에 도교 창시자 장도릉張道陵의 계보를 잇는 영험한 도사 사한천사嗣漢天師 장진인張眞人을 불러다 대규모 제천의식을 올려 재앙을 물리치기로 의견을 모은다. 황제의 조서를 가지고 멀리 강서江西 용호산龍虎山 상청궁上淸宮에 가서 장진인을 청해오는 임무는 어전 안보참모 격인 전전태위殿前太尉 홍신洪信에게 맡겨졌다.

어명을 받은 홍태위는 곧바로 길에 올라 상청궁에 이른다. 그러나 도술이 비범하고 신비한 존재인 장진인을 만나는 것은 그리 쉬운 일이 아니었다. 평소 산마루 암자에서 홀로 도를 닦으며 지낸다는 상청궁 도사들의 말에 홍태위는 그를 직접 만나기 위해 목욕재계까지 하고 허위허위 험난한 산길을 오른다. 가까스로 산 중턱쯤 올라갔을 무렵 황소에 비스듬히 올라타고 쇠젓대를 불며 산모퉁이를 돌아 나오는 한 동자와 마주치게 된다. 홍태위는 그 동자로부터 장진인이 벌써 학을 타고 구름을 몰아 동경東京(개봉開封)에 대제를 올리러 갔을 것이란 말을 전해듣고 도로 산을 내려올 수밖에 없었다. 황제의 칙명을 받은 사자로서 위신이 깎인 데다 괜한 헛고생만 했다고 생각한 홍신은 애꿎은 상청궁의 도사들을 책망한다. 그런데 자신이 만났던 그 동자가 바로 장진인이었음을 뒤늦게 알고 비로소 한시름 놓게 된다.

이튿날 홍태위는 한결 홀가분한 마음으로 도사들을 거느리고 유서 깊은 도관인 상청궁 구경에 나서 구석구석을 둘러보았다. 그러던 중 한쪽 구석에 '복마지전伏魔之殿'이라는 현판이 걸리고 겹겹으로 단단히 봉인된 색다른 전각을 보고 호기심에 사로잡힌다. 당나라 때 마왕을 잡아 가둬둔 곳이고 절대 문을 열어서는 안 된다는 도사들의 말에 홍태위는 괴이쩍게 여기면서도 도리어 한층 궁금증이 더해져 그 문을 열도록 명한다. 도사들은 그곳을 열었다가는 세상에 무슨 화가 닥칠지 모른다며 거듭 만류했지만, 홍태위는 권세로 겁박하여 끝내 그 문을 열고야 만다.

안으로 들어가보니 온통 어두컴컴한 가운데 싸늘한 기운이 엄습해왔다. 횃불을 켜서 비춰보니 텅 빈 공간 한가운데 땅속으로 반쯤 파묻힌 거북 모양의 받침돌 위로 알아볼 수 없는 비밀스러운 글귀가 적힌 비석 하나가 우뚝 서 있었다. 일꾼들을 동원해 먼저 비석을 넘어뜨리고 한참을 끙끙대고서야 겨우 받침돌을 파낸 후 또 서너 자쯤 땅을 파 들어가니 이번에는 큼지막한 청석판이 드러난다. 홍태위는 도사들의 계속되는 만류에도 아랑곳하지 않고 그 청석판마저 파내라고 다그친다.

할 수 없이 여럿이 달려들어 그 청석판을 들어내고 보니 그 밑은 끝도 없이 깊은 구덩이였다. 그런데 별안간 구덩이 속에서 우르릉우르릉 하며 심상치 않은 굉음이 일더니…… 이어 먹장같이 시꺼먼 김이 구덩이에서 불쑥 타래쳐 올라 삽시에 전각 한 모퉁이를 뭉텅 무너뜨리면서 곧추 하늘로 올라가서 백여 줄기의 금빛으로 변하더니만 사면팔방으로 쫙 흩

어져버린다.(제1회)

　이 엄청난 광경에 모두들 질겁하여 비명을 지르며 도망치느라 난리법석이 되고 만다. 그때까지 위세를 앞세우던 홍태위도 공포에 휩싸여 얼굴이 사색이 된 채 허겁지겁 도망쳐 나오기 급급했음은 말할 것도 없다.
　그 복마전 구덩이 안에 갇혀 있던 것은 이른바 36천강성天罡星과

그림 0-1(좌) 홍태위가 장진인을 찾아가는 장면.(『이탁오비평』)
그림 0-2(우) 홍태위로 인해 복마전에 갇혀 있던 마왕들이 빠져나가는 장면.(『이탁오비평』)

72지살성地煞星 등 108마왕인데, 그들이 홍태위의 만용으로 봉인이 해제되면서 세상에 나오고 말았던 것이다. 주지 도사를 통해 그런 사정을 알게 된 홍태위는 겁에 질려서 부랴부랴 상청궁을 떠나 동경으로 돌아온다. 그때는 이미 장진인이 역병을 몰아내고 용호산으로 돌아간 후인 터라 홍태위는 이런 사실을 감추고 어물쩍 넘어간다. 그 덕에 홍태위는 오히려 황제로부터 후한 상을 받고 벼슬을 유지할 수 있었고, 불행 중 다행이랄까 송나라는 이후 한동안은 무사태평하였다.

『수호전』은 이렇게 막을 연다. 여기까지가 소설의 서막에 해당하며, 그 자체로 일종의 프롤로그라 할 수 있다. 흔히 알려진 수호 영웅들의 본 이야기는 위 사건이 일어나고 수십 년이 지난 후부터 펼쳐지는 것으로 설정되어 있다. 그러니까 이 대목은 소설 전체로 보자면 상대적으로 독립된 이야기인 것이다. 그러면서도 소설의 중요한 일부를 이루면서 작품 전체를 관통하는 상징성을 내포하고 있다. 여기에는 서술자가 작품 전체의 이야기를 이끌어내고 『수호전』이라는 건축물을 효과적으로 구성하려는 일종의 전략이 숨어 있다. 작품 전체를 완독하기 전에는 이 독립된 이야기가 무엇을 말하려 한 것인지 제대로 알기 어렵다. 하지만 읽고 나서 되돌아보면 그 궁금증이 풀릴 수 있는 구조인 것이다. 물론 소설의 창작 기법이 고도로 발전한 오늘날의 눈으로 보자면 그리 참신하게 다가오지 않을지도 모른다. 그러나 『수호전』은 중국 장편 장회章回소설의 초기 대표작으로, 이러한 구조적 설정은 이후 수많은 소설들 속에서 하나의 문법으로 자리잡을 만큼 영향력을 발휘했다는 점은 아울러 짚어둘 만하다.

독자들은 이미 눈치챘겠지만 봉인이 풀려 세상으로 나온 108마왕이 바로 앞으로 등장할 수호 영웅들을 상징한다. 참고로 36천강성은 본디 도교에서 말하는 북두 성좌에 속한 별들로서 신장神將을 상징하며, 72지살성은 점성술에서 흉살凶殺을 관장한다는 별들이다. 이들의 활약상과 흥망을 담은 이야기가 바로 『수호전』이며, 지금까지도 중국 영웅소설의 대표이자 세계적인 걸작으로 남아 있다. 이들 영웅의 이야기는 깊은 공감과 통쾌함을 가져다주기도 하지만, 다른 한편으로 그들의 행위는 생명을 위협하고 해치는 살벌한 잔혹성을 드러낸다. 영웅을 마왕으로 비유한 것은 바로 이 때문이다. 마왕이되 별에서 온, 또는 별들의 화신으로 설정한 것은 이들의 존재에 특별한 지위를 부여함과 동시에 그들의 행위를 합리화하고 거기에 초자연적 정당성을 부여하는 기능을 하게 된다.

한편 홍태위는 부패한 간신을 상징하는 인물이다. 국가적 위기 상황에서 칙사로서 어명을 수행하는 과정임에도 그는 시종 권력을 내세우고 교만을 드러낸다. 실상 그는 주어진 사명을 제대로 수행하지도 못하고 도리어 막대한 화근을 만드는 결정적인 우를 범한다. 그럼에도 불구하고 의도적으로 이를 숨겨 자신의 안위만 도모할 뿐이다. 108마왕의 출현이 이런 관료의 만용에서 비롯된다는 설정은 의미심장하다. 고구高俅로 대표되는 부패한 간신들이 나라를 좌지

우지하고 백성을 도탄에 빠뜨려 부득이 강호의 영웅들이 결집하여 활약한다는『수호전』이야기 틀의 축소판에 해당하는 까닭이다.

> 천년 동안 잠겼던 문 갑자기 열리니
> 천강성 지살성 저승에서 뛰쳐나왔네.
> 무사하기 바라면 사달이 생기는 법
> 재앙을 없애려다 재앙을 일으켰네.
> 이로부터 사직이 움찔움찔 흔들리고
> 전란은 어지러이 여기저기 일어나리.
> 간녕한 고구를 역겹다 하지마는
> 이제부터 화근은 다름아닌 홍태위네.

부패한 지배층과 그에 대항하는 호걸들의 영웅담을 그린 것이『수호전』이지만, 그렇다고 작품 자체를 이처럼 단순하게만 이해하는 것은 곤란하다. "소설의 집에는 창문이 하나가 아니고 백만 개나 된다"고 했던 어느 서구 학자의 말처럼, 거질의 장편소설인『수호전』은 다면성과 다성성多聲性을 지니고 있다. 그 안에서 다양한 인간 군상을 볼 수 있는가 하면, 전통 시기 중국의 다채로운 사회문화적 면모가 담겨 있기도 하다. 이 작은 책에서 다 다룰 수는 없지만, 생동하는 인물형상과 언어, 빼어난 이야기 서술 기법 등은 중국 소설, 나아가 문학의 역사상『수호전』의 기념비적인 성과로 꼽힌다. 심지어 스스로 균열을 드러내는 텍스트 내부의 이런저런 모순적 면모나 숨어 있는 아이러니를 읽어내는 것도 흥미로운 지점이다. 그만큼『수호전』은 독자들에게 다양한 각도의 접근과 해석의 가능성을 제공해준다.

　『삼국지연의』는 국내에서만도 제도권 연구자들 이상으로 그 디테일이나 관련 지식에 해박한 마니아가 무수히 많다. 그러나 오랜 세월『삼국지연의』와 어깨를 나란히 해온『수호전』의 경우 현대에 와서는 그만한 독자층을 형성하지 못하고 있다. 국내에서는 전문 연구자조차 찾아보기 어려운 것이 현실이다. 그러나 분명한 것은『수호전』은 여전히 손꼽히는 명작으로 남아 있다는 점이다. 적어도 중국을 비롯해 이른바 한자문화권에서 수백 년간 헤아릴 수 없이 많은 독자들이 탐독해온 고전이라는 점 하나만으로도『수호전』은 한번쯤 읽어볼 만한 가치가 충분하다.

　이에 나는『수호전』이란 과연 어떤 작품인지 풀어내보고자 한다.『수호전』의 기원과 형성, 거시적 틀과 특징적 면모들, 국내 수용양상 등『수호전』읽기에 도움이 될 만한 중요한 지점들을 개괄하되 가급적 평이한 서술을 지향할 것이다. 여기서 한 가지 중요한 전제는 축약본이나 개작본이 아닌 풀버전의『수호전』을 기본 대상으로 삼는다는 점이다. 독자들이『수호전』원작에 한 걸음 더 가까이 다가갈 수 있는 작은 길잡이가 될 수 있기를 바라면서 이제 본격적인 작품의 세계로 들어가보기로 한다.

차례

『수호전』 간략 지도 5

프롤로그 | 판도라의 상자가 열리다 6

─제1장
이야기는 어디서 시작해 어떻게 흘러왔나 17
입에서 입으로 전해진 영웅담 19
이 불온서적의 저자는 누구일까? 25
베스트셀러가 된 금서 32

─제2장
작품의 구성 및 구조 이해를 위한 가이드 37
옴니버스식 영웅전과 군담소설 39
'의'와 '충'의 갈등 47

─제3장
영웅 출현의 조건: 절망 끝의 막다른 선택 55
망국의 기운 앞에 도적들이 들끓는다 57
양산박으로! 62

─제4장
영웅 중의 영웅, 주요 캐릭터와 활약상 73
36명의 두령이 108명으로 75
송강과 이규 80
노지심과 무송 100
오용과 공손승 114
대종과 연청 122
화영과 장청 131

─제5장
마초들의 잔혹사, 그 속의 여성 139
어려서는 『수호전』을 읽지 말라? 141
양성 불평등의 잔혹사 144

—제6장

호한들과
술, 음식, 연회 153

술은 바닷물같이, 고기는 산처럼 155

—제7장

상호텍스트성으로 얽힌
4대 기서 167

해 아래 새것은 없다 169
'삼국지'에 대한 오마주 172
삼장법사 일행 vs. 108호한 177
겹치기 출연하는 등장인물들 179

—제8장

영웅들의 말로와
중화주의의 그림자 183

양산박 무리의 비참한 최후 185
세상의 중심이라는 세계관 190

—제9장

국내 초장기 베스트셀러,
『수호전』 197

조선의 새로운 문화적 트렌드 199

에필로그 | 신이 된 영웅들 209

저자 후기 | 재소환되는 장르콘텐츠의
원형 215

주요 참고문헌 | 222

제1장

이야기는
어디서 시작해
어떻게 흘러왔나

입에서 입으로 전해진 영웅담

『수호전』의 시대적 배경인 북송 말기, 지배층에서는 심각한 재정 위기에서 비롯된 개혁파와 보수파의 소모적인 당쟁이 별 성과도 없이 수십 년간 지루하게 이어지고 있었다. 변경, 특히 북방에서는 송을 심각하게 위협하던 요나라에 이어 신라인의 후예로 알려진 아골타가 세운 금나라가 새로운 적대세력으로 급부상하고 있었다. 이 시기에 재위했던 송의 8대 황제 휘종徽宗은 개혁가를 자임했으나 정사를 다스리는 것보다는 예술과 도교에 더 심취해 있었고, 사치향락에 빠진 채 겉으로는 개혁을 말하면서 뒤로는 잇속만 차리는 간신들로 눈과 귀가 가려져 있었다. 설상가상으로 곳곳에서 반란세력들이 봉기하면서 나라의 운명은 급속히 기울어갔다. 그 가운데 한때 산동山東, 하북河北 일대를 횡행하던 한 집단이 바로 훗날『수호전』주인공의 모델이 되는 송강宋江의 무리였다.

송강에 관해서는『동도사략東都事略』,『송사宋史』등에 간략한 기록들로만 흩어져 전해진다. 또 도적의 수괴로서 후에 체포되어 처형되었다는 기록과『수호전』에도 등장하는 반란세력 방랍方臘 정벌에 공을 세운 장수로서의 기록 등 서로 불일치하는 정보들이 혼재한다. 이런 상치되는 정보가 훗날 결합되면서 의적의 우두머리였던 송강이 조정에 귀순하여 방랍 정벌에 투입되어 공을 세운 것으로 여겨지게 되었다. 이들에 관한 이야기는 야사, 문집 등의 기록을 통해 만들어지기 시작했지만, 문자 기록보다는 입에서 입으로 전해지고 가공되어 전설화되면서 남송 이후부터는 인기 있는 이야기로 자리잡는다. 금의 침략으로 끝내 북송이 무너지고 남으로 쫓겨 반 토막 난 영토를 유지하던 남송 시기, 송강 무리에 관한 설화는 어느 때보다 고조된 민족주의 정서에 힘입어 무능력한 조정에 경종을 울릴 충의로운 영웅담으로 미화되기에 적절한 이야깃거리였을 터이다.

중국 역사상 송대는 도시를 중심으로 한 상업이 매우 발달한 것으로 손꼽히는 시기이다. 상업에 기반한 도시의 흥성은 문화의 발달을 동반했는데, 그 가운데 하나가 대중적 취향의 공연문화였다. 오늘날의 멀티플렉스 영화관에 비유할 수 있는 이른바 와사瓦舍니 구란勾欄이니 하는 대규모 공연시설에서는 판소리와 비슷한 이야기꾼의 공연인 '설화說話'를 비롯하여 각양각색의 연행예술공연이 상시적으로 열리며 큰 인기를 끌었다. '설화'는 조선시대에 뛰어난 입담으로 대중에게 소설을 풀어내던 전기수傳奇叟와 비슷한 설화인의 퍼포먼스였다.

『수호전』에도 이규李逵 등이 몰래 도성 나들이를 갔다가 저잣거리에서 이야기꾼이 관우關羽가 화타華佗에게 팔 수술을 받으며 바둑을 두는 『삼국지연의』의 명장면을 흥미진진하게 풀어내는 것을 넋 놓고 구경하는 대목이 있다. 바로 설화인의 공연 장면을 그리고 있는 것이다. 남송 때부터는 바로 이와 같은 방식으로 송강을 비롯한

그림 1-1 북송北宋(960~1126) 때 풍속화가 장택단張擇端의 〈청명상하도淸明上河圖〉. 북송의 수도였던 개봉의 청명절 풍경을 그린 그림으로, 송대의 상업이 매우 발달하였음을 알 수 있다.

수호 영웅들의 이야기가 일종의 문화상품이 되면서 시정에서 공연 레퍼토리로 인기를 끌기 시작했다. 「청면수靑面獸」, 「화화상花和尙」, 「무행자武行者」 같은 타이틀의 공연이 당시 박스오피스 상위권을 장식했다. 이러한 이야기들이 설화인의 대본과 같은 텍스트에 담겨 현재까지 남아 있는 것이 바로 『대송선화유사大宋宣和遺事』이며, 대략 송말원초 무렵에 나온 것으로 추정되고 있다.

　『대송선화유사』는 휘종 재위 말년인 선화라는 연호를 제목에 달고 있지만, 그 시기에 머물지 않고 멀리 상고시대 역사에서 시작하여 주로 북송과 남송 초기의 역사 고사를 수록한 중편 규모의 이야기집이다. 여기에 송강과 더불어 36호한의 명단과 그들이 세력을 형성하는 과정 및 대표적인 행적이 그 일부 내용으로 삽입되어 있다. 이 책은 조선에도 전해져 서거정 같은 문인이 읽고 그 감흥을 시로 남기기도 하였다. 이 책에는 양지楊志가 보검을 파는 이야기라든지, 조개晁蓋의 조정 고관 생신 예물 탈취 사건, 송강의 창기 염파석閻婆惜 살해 사건, 송강이 여신 구천현녀九天玄女에게서 천서天書를 받는 장면, 송강이 조정의 초안招安 곧 귀순 권고를 받아들이고 방랍을 토벌한다는 언급 등 『수호전』의 주요 인물과 사건 상당 부분이 수록되어 있어 장편소설 창작에 기본 틀을 제공해주었음을 엿보게 해준다. 다만, 관련 내용의 편폭이 짧다보니 수록 내용이나 사건 묘사가 간략하고, 구체적인 공간 배경이나 인명·지명 등도 『수호전』의 그것과 차이를 보이는 부분이 더러 있다.

한편 원나라 때는 잡극雜劇이라는 희곡 공연예술이 이 시대 문화를 대표할 만큼 크게 발전하였다. 몽골족이 한족을 차별하고 과거제도를 폐지하는 등 등용을 제한하자 많은 지식인들이 시정에 들어가 극작가로 활동한 덕분이다. 문인들은 오늘날의 엔터테인먼트 회사에 비유할 만한 극작가 조직들을 결성해 공연시장에서 경쟁력 있는 극을 만들기 위해 다투어 창작에 몰두하기도 했다.

잡극은 오늘날 우리에게도 많이 알려진 중국의 경극과 유사한 것으로, 화려한 분장을 한 배우들이 관객이 많이 모이는 무대 위에서 악단의 음악에 맞추어 대사나 창으로 연기하는 종합연행예술이었다. 백성들 사이에서 두루 인기를 끌었던 공연예술이었던 만큼 그

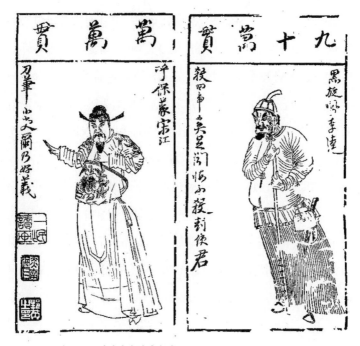

그림 1-2(좌) 양산박의 리더 송강.(『엽자』)
그림 1-3(우) '수호극' 무대에서 압도적인 인기를 끌었던 이규.(『엽자』)

들의 기호와 정서에 어필하는 작품들이 많이 지어지고 상연되었음
은 물론이다. 당연히 이 시기에는 수호 영웅들의 이야기를 담은 단
편 잡극들도 만들어져 공연물로 인기를 끌었고, 현재 제목이 확인되
는 것만 36종에 이르러 당시의 인기를 엿보기에 충분하다.

　이민족 통치 아래 있었던 만큼 이 시기의 관련 작품들은 민족주
의적 정서나 정치색을 드러내는 것보다는 인물들의 호협함과 의기
를 드러내는 경향이 강했던 것으로 보인다. 원잡극이 기본적으로 주

인공 한두 사람이 극 전체를 주도하는 양식이었던 까닭에 자연 개인의 활약에 초점이 맞춰질 수밖에 없기도 했다. 그렇다 보니 특히 외모는 흉하고 난폭하지만 순박하고 정의로우며 충성스러운 이규李逵 같은 인물은 당시 '수호극' 무대의 절반을 휩쓸었다고 할 만큼 압도적인 인기를 누린 것으로 유명하다. 36인이라고 하던 수호 영웅이 108인으로 늘어나고 그 근거지가 산서와 하북 경계의 태행산太行山이라고 하던 것에서 산동의 양산박梁山泊으로 바뀐 것도 이 무렵이다. 그러면서 서로 다른 지역에서 유행하던 이야기 계통이 하나로 결합되기도 하였다. 어쨌든 이에 힘입어 인물들의 이야기에 살이 붙고 디테일이 추가되고 다듬어질 수 있었음은 물론이며, 이러한 희곡들이 이뤄낸 성과 역시 훗날 『수호전』 창작에 훌륭한 자양분이 된다.

이 불온서적의 저자는 누구일까?

그렇다면 우리가 흔히 알고 있는 장편소설『수호전』은 언제 누가 처음 지은 것일까. 먼저 그 시기에 관해서 말하자면, 아직도 명확히 밝혀지지 않았지만 대략 원나라 말에서 명나라 초 사이에 처음 지어졌다는 설이 지배적이다. 원말명초라면 수호 영웅들의 이야기 소재와 인지도가 이미 상당히 축적된 상황이었고 그만큼 소설 장르 자체의 발전도 진전되었다. 뿐만 아니라, 몽골 치하에서 고통받던 한족들 사이에서 남송 때처럼 민족주의 정서와 더불어 영웅 출현에 대한 갈망이 높아진 시점이었기에『수호전』과 같은 소설이 등장할 만한 정황을 충분히 갖추고 있었다고 할 만하다.

그러나 여전히 명확한 증거가 부족하여『수호전』출판이 성행했던 명나라 후기에야 비로소 창작되었다고 보는 견해도 만만치 않다. 무엇보다 지금까지 남아 있는 가장 이른『수호전』판본이 명대 후기의 것인 까닭이다. 이 문제는 오랜 세월에 걸쳐 논란을 빚어온 매우 복잡한 난제이므로 여기서는 더 자세히 다루지 않고 통설에 따라 원말명초에 지어진 것으로 소개하기로 한다.

『수호전』의 작자는 원말명초의 문인 시내암施耐庵(1296?~1370?)으로 보는 것이 일반적이다. 그러나 창작 시기가 명확하지 않은 것 이상으로 작자에 관한 설도 분분하다. 시내암과 비슷한 시기를 살았던 것으로 알려진 『삼국지연의』의 작자 나관중羅貫中(1330?~1400?)이 지었다는 설이 있는가 하면, 시내암이 쓴 것을 나관중이 다듬은 것으로 보기도 하며, 시내암이 전반부를 쓰고 나관중이 뒷부분을 이어서 썼다고 보는 견해도 있다. 심지어 시내암도 나관중도 아닌 제3의 인물이 썼을 것으로 보아야 한다는 주장도 있다. 시내암과 함께 나관중이 작자로 많이 거론되는 것은 소설가로 명성이 높았던 까닭 외에도 그가 한때 시내암의 문하에 있었던 것으로 알려져 있기 때문이다.

여하튼 오늘날처럼 저작권 개념이 명확하지 않았던 전통 시기, 그것도 고아한 문학 장르라는 이른바 대아지당大雅之堂에 오르지 못하던 소설 가운데서도 '도적' 무리의 반란을 주 내용으로 하는 '불온서적'의 작자가 버젓이 명확한 물증을 남겼기를 기대하는 것 자체가 무리일 수 있다. 그럼에도 불구하고 시내암의 창작과 관련한 실마리들이 기록으로 확인되고 있으며, 그러한 이상 적어도 시내암이 『수호전』 창작에 핵심적인 기여를 한 인물이었음을 부인하기는 어렵다고 봐야 할 것이다. 시내암에 관해서는 명확히 밝혀진 것이 많지 않으나, 그가 원말 장사성張士誠이 이끈 민중 반란세력에 가담하여 참모로 활동하기도 했었던 것으로 전해지고 있어 『수호전』의 작자로서 신빙성을 더해준다는 점도 짚어둘 만하다.

『수호전』의 탄생 이전에 이미 그 기본적인 얼개나 재료가 될 만한 이야기 소재들이 어느 정도 갖추어져 있었지만, 그것이 오늘날 우리가 볼 수 있는 상당한 편폭의 장편소설로 변모하는 데에는 일종의 비약적인 발전이 요구되었다. 흔히 『삼국지연의』가 칠실삼허七實三虛 곧 70퍼센트의 사실과 30퍼센트의 허구로 이루어져 있는 데 비해, 『수호전』은 5퍼센트의 사실에 95퍼센트의 허구로 이루어져 있다고 평가되곤 한다. 소설에서 얼마만큼이 역사적 '팩트'이고 또 얼마만큼이 상상력의 산물인지를 두고 하는 말이지만, 『수호전』이 명작 대서사로 완성되는 데에는 작자의 탁월한 역량이 결정적인 역할을 했음을 엿보게 해주는 말로도 볼 수 있다.

어쨌거나 뛰어난 작자의 공로에 힘입어 『수호전』은 영웅소설의 기념비적 작품을 넘어 『삼국지연의』와 더불어 중국 장편 장회章回소설의 전범으로 역사에 길이 남을 수 있었다. 또 이러한 작품의 탄생으로 고풍스러운 한문이 아닌 입말에 가까운 서면구어書面口語 위주로 쓰인 이른바 백화白話소설은 거칠고 단순한 이야기책 수준에서 비로소 문인소설, 또는 소설의 문인화라는 시각에서 접근할 만한 면모를 갖추기 시작했다는 점도 덧붙여둘 만하다.

하지만 작자를 특정한다고 하더라도 남는 문제들이 있다. 바로 판본 문제이다. 우선 시내암이 지었다고 하는 원작이 현재 남아 있지 않다. 그런 데다 명대 후기부터 수많은 버전들이 만들어져 유통되면서 문제는 더욱 복잡해졌다. 기본적으로 송강 등 108호한의 이야기를 담고 있지만 다소간 차이점을 지닌 판본들이 우후죽순처럼 쏟아져나왔던 것이다. 그만큼 『수호전』이 인기를 끌었음을 반증해주기도 하지만, 이런 상황이고 보니 『수호전』이라는 작품의 창작에 특정 인물이 결정적인 기여를 했다 하더라도 창작의 공을 온전히 그 한 사람에게 다 돌리기는 어려운 상황이 되고 만 것이다. 소설의 원천이 된 이야기들로부터 시작해서 시내암의 기여, 그리고 그 이후의 변모 등에 이르기까지 전 과정을 감안해보면, 『수호전』은 일종의 세대누적형 작품, 더 과장해서 말하자면 집체창작물에 가까운 면이 없지 않다.

중국의 근대 이전의 유명 소설들은 대부분 판본 문제를 안고 있다. 저작권 개념이 없었던 데다 필사본으로도 많이 유통되었던 것이 원인이다. 그 가운데서도 『수호전』은 판본 문제가 가장 복잡한 대표적인 작품으로 꼽힌다. 그러다 보니 중국 고전, 특히 소설 연구의 상당 부분이 부득이 문헌학으로 흘러 초학자들, 특히 나 같은 외국 연구자들을 당혹스럽게 만들기도 한다. 단순한 감상자가 아닌 연구자의 시각에서 접근하려면 판본 문제가 먼저 발목을 잡는 형국이기 때문이다.

『수호전』의 판본은 알려진 것만 줄잡아 백수십 종에 이른다. 오늘날 어느 인기 장편 드라마가 있는데 그 버전이 100종이 넘는다고 상상해보라. 실로 복잡한 문제가 아닐 수 없다. 그나마 『수호전』 판본들 가운데 중요한 것은 30여 종 정도로 추려지고, 이를 다시 양분하면 이른바 번본繁本 계통과 간본簡本 계통으로 대별된다. 대략 풀버전류와 축약버전류로 나뉜다고 보아도 큰 무리는 없을 것이다. 보통은 번본 계통이 먼저 출현하고 이를 간략화한 간본 계통이 나중에 나온 것으로 보지만, 그 반대일 수 있다는 의견도 있다. 학술적으로는 번본 계통이 더 중시되지만, 전통 시기에 더 많이 출판되고 대중적으로 인기를 끌었던 것은 의외로 간본 계통이었다. 내용을 간략화한 만큼 출판 비용을 낮출 수 있었기에 염가서적으로 대량 유통이 가능했던 것이다. 간본들은 이윤 추구를 위한 판본들이었던 만큼 더 눈길을 사로잡는 자극적인 삽화들이 수록되는 경우가 많았던 것도 특징이다.

번본 계통은 최초 등장 시대순으로 크게 100회본 계열, 120회본 계열, 70회본 계열로 세분화되고, 간본 계통은 106회본, 115회본, 124회본 등의 계열이 있다. 여기서 회回란 중국 명明·청淸시대 중장편 통속소설의 챕터 단위를 가리키고, 보통 '회'라고 하지만 '장'이라고도 했기에 이러한 소설을 장회소설이라고 부르며 이 같은 형식의 통속소설이 크게 발전하면서 명·청시대를 대표하는 서사 양식이 되었다. 또 그 영향으로 조선시대 국내에서도 장회체 소설이 적잖게 지어지기도 했다. 각설하고, 『수호전』 판본 계통의 챕터 수를 보면 번본과 간본을 가르는 기준이 챕터의 다과에 있지 않음을 금방 알 수 있다.

이 중에서 시기적으로 가장 이른 100회본 계열을 원작에 제일 가깝다고 보는 것이 일반적이다. 100회본 후반부에 송강 무리가 왕경王慶 및 전호田虎의 반란을 평정하는 내용을 추가한 버전이 120회본 계열이며, 이것이 우리가 보통 알고 있는 『수호전』이라고 할 수 있다. 70회본은 명말청초를 살았던 김성탄金聖歎이라는 개성파 문인이 자신의 가치관과 문학관에 따라 송강 무리가 조정의 초안을 받고 외적과 반란세력을 물리치는 후반부 내용을 부정하고 모조리 잘라낸 후 문장을 다듬어 가독성을 제고하고 다량의 논평을 삽입한 판본이다. 이 계열의 판본들은 이후 청대 내내 대단한 인기를 누리면서 다른 판본들을 완전히 압도했다. 오늘날의 독자들은 대개 100회본이나 120회본을 읽고 있지만, 20세기 초만 해도 이들 판본은 거의 완전히 잊혀 학자들에 의해 '새롭게 발굴'되어 재조명되는 기현상을 빚기도 했다.

청대에 김성탄본이 그토록 인기를 끌었던 데는 여러 요인이 있지만, 그가 "천하의 문장 가운데 『수호전』만 한 것이 없고, 천하의 세상 이치에 통달한 군자 가운데 시내암 선생만 한 이가 없다"고 극찬하며 역사상 최고의 책으로 평가했던 것이 결정적이었다. 그때까지 잡서로나 취급되던 소설을 가히 문장에 도움이 되는 경전 이상의 필독서로 대담하게 격상시켰던 것이다. 국내에서도 조선시대에 『삼국지연의』가 사실상 역사서로 간주되면서 과거시험에 관련 문제가 출제되거나 시험 답안에 관련 내용이 빈번히 등장한 경우나, 근래 대입 논술시험 열풍이 한창 거셀 때 『삼국지연의』가 학생들의 논술 대비 필독서의 하나로 인식되었던 것과도 상통하는 현상이었다고 할 만하다.

판본에 관해서는 이 정도만 소개하기로 하고, 그 가운데 이 책에서는 비록 후대에 추가된 내용을 담고 있다 하더라도 국내에서 가장 널리 소개되고 읽혀온 120회본 『수호전』을 기준본으로 삼는다는 점을 미리 일러두는 바이다.

베스트셀러가 된 금서

여기서 좀더 부연할 필요가 있는 것은 명대 후기, 좁게는 명말이라는 시대적 맥락의 중요성이다. 『수호전』이라는 소설이 하나의 고전적 독서물로서 우뚝 서게 된 시기가 바로 이즈음이기 때문이다.

우리나라에서는 상업적 출판의 발전이 매우 늦었지만, 중국에서는 당송 시기부터 이미 상업적 출판이 이루어졌고, 명말에 와서는 이른바 '미디어 혁명'이라는 수식어가 붙을 정도로 출판문화가 극성하였다. 도시를 중심으로 상업문화가 발전하고, 과거시험이 견인한 교육 또한 크게 확대되면서 독자층도 급격히 늘어갔다. 출판시장이 커지면서 값비싼 고급 출판물에서 상대적으로 저렴한 대중적 독서물에 이르기까지 출판물의 스펙트럼도 다양해졌다.

주자학의 도그마에서 벗어나 인간의 욕망을 긍정하는 자연주의 내지 자유의 기풍이 만연한 것도 이즈음이며, 그런 사상적 흐름 속에서 문학에서도 전통적 관념과 엄숙주의에서 탈피하여 통속적인 소설·희곡 등의 지위가 급부상할 수 있었다.

당연히 출판시장에서도 소설류는 학습용 도서와 더불어 가장 중요한 상업적 아이템으로 자리잡을 수 있었다. 저렴한 소설류 서적이라도 삽화와 평론가의 논평 등이 함께 수록된 형태로 출판되어 전국 각지로 대량 유통되었다. 이러한 시기에 이러저러한 네트워크로 연결되어 있던 출판인과 작가, 평론가, 편집인들이『수호전』같은 베스트셀러 감을 놓칠 리가 없었다.

더욱이 명말은 내부적으로는 정치경제적 혼란과 뒤이은 민중 반란, 외부적으로는 우리에게도 상처를 남긴 왜구의 침략과 만주족의 발흥 등으로 인해 민족주의적 정서가 재차 대두되던 시기이기도 했다. 충의로운 영웅 출현에 대한 갈망이 다시금 고개를 들 만한 정황이었던 것이다.

당시 주요 독서층이 교육의 수혜를 더 많이 받는 남성이었던 점도 수호열水滸熱이라고도 일컬어지는 인기몰이에 한몫했을 것임은 물론이다. 훗날『수호전』이 이른바 명대 사대기서四大奇書의 하나, 나아가 '천하제일기서'로 꼽히면서 헤아릴 수 없이 많은 독자를 거느린 독서물이 된 데는 작품 자체의 우수성 외에도 바로 이러한 문화적 콘텍스트가 복합적으로 작용하였다. 그토록 복잡한 판본 문제를 낳은 것 역시 이러한 맥락과 직결되어 있음은 말할 것도 없다.

『수호전』은 위정자의 입장에서 보면 자칫 체제 유지에 위험을 초래할 책으로 비칠 수 있었다. 실제로『수호전』은 명말 이래 반란세력들에게 교과서 역할을 하기도 한 것으로 전해진다. 그로 인해 작품은 종종 금서로 지목되곤 했고, 특히 청대의 금서 조치는 자못 강력했다. 그러나 금서 조치는 결국 행정적 액션에 그쳤을 뿐, 출판시장과 독서의 열기를 잠재우기에는 역부족이었다. 금서로 지정해도 음성적으로 유통되어 읽히는 것을 근절하기란 애당초 불가능한 일이었다. 도리어 지배계층조차 금서 조치를 내리고도 뒤에서는 몰래 탐독하는 일이 비일비재했다. 그렇다 보니 시간이 지날수록 독자들은 더 늘어갔고, 그 인기에 힘입어 『수호후전』, 『후수호전』 등 많은 속서들까지 지어져 자장을 넓혀나갔다.

그런가 하면 그 직간접적인 영향하에 또다른 많은 소설들이 탄생하기도 하였다. 협의俠義소설 등 영웅소설 계열은 물론이고, 동양의 판타지를 대표하는 근대 무협소설의 탄생에까지 상당한 영향을 미칠 정도였다. 소설로서는 물론이고 희곡 등 각종 공연예술 및 관련 독본으로 다양하게 리메이크되어 향유되었던 것도 광범위한 인기를 뒷받침해주었다.

금서 조치들을 뛰어넘은 이 같은 인기와 영향은 현대에도 이어져 내려오고 있다. 근대 이후 『수호전』은 민중 봉기를 소재로 한 진보적, 심지어 혁명적 사상을 담은 작품으로 재평가되기도 하면서 한때 정치적 몸값이 치솟았다. 물론 반대로 송강이 투항파의 상징으로 몰리는 정치적 수난을 겪기도 했다.

그런 격동기를 거친 오늘날 『수호전』은 고전소설로서뿐 아니라 일종의 '간본'으로서 청소년용 보급판이나 개작본 등 다양한 형태의 독서물로도 가공되어 널리 읽히고 있다. 『삼국지연의』처럼 영화나 드라마, 애니메이션 등 영상물이나 만화, 게임 등으로도 거듭 제작되면서 그 인기를 지속하고 있다. 수호 이야기의 주요 무대가 된 산동의 양산박은 대규모 관광단지로 조성되어 관광객을 끌어모으고 있기도 하다. 이처럼 『수호전』은 지금 이 시점에도 다양한 문화콘텐츠로의 변용과 더불어 여전히 강한 생명력을 이어가고 있는 살아 있는 고전이라 할 수 있다.

—제2장

작품의 구성 및 구조 이해를 위한 가이드

옴니버스식 영웅전과 군담소설

『수호전』은 단숨에 독파하기에는 버거운 상당한 볼륨의 장편소설이다. 등장인물이 많고 다뤄지는 사건도 다양하며 이야기 전개도 단선적이지 않다. 성과 이름을 가진 인물만 900여 명에 이르고 서로 다른 인물이 중심 역할을 하는 상대적으로 독립된 이야기들이 엮여 있다. 그러다 보니, 읽는 과정에서 더러 미로 속에 놓인 느낌을 받을 수 있고 완독을 해도 전체적인 틀을 파악하는 데에 다소 어려움이 따를 수 있다. 소설인데 운문이 빈번히 삽입되어 있는 것도 낯설게 비칠 수 있는 요소일 것이다.

독자들이 『수호전』 원작을 접하기도 전에 벌써 흥미를 떨어뜨릴까 염려되지만, 그것은 독자의 문제가 아니라 작품 자체의 특징에서 기인한다. 때문에 작품의 구성 및 구조에 대한 이해를 위해서는 길잡이의 도움이 어느 정도 필요하다. 또 이를 통해 『수호전』에 대한 맥락적인 이해에 한 걸음 더 가까이 다가갈 수 있을 것이다.

우선 전체적인 이야기의 짜임을 조감하는 차원에서 플롯의 구성부터 개괄해보기로 한다. 『수호전』은 그 내용상 제70회를 기준으로 크게 전후 두 파트로 나뉘고, 다시 전반부의 두 부분과 후반부의 세 부분 등 총 다섯 단락의 구성으로 나눠볼 수 있다. 이 다섯 단락은 이야기 전개의 각 단계에 해당되는 것이기도 하다.

① 수호 고사의 전체적 배경(프롤로그~제2회 전반)

수호 영웅 이야기의 전체적 배경을 상징적으로 제시하는 부분으로서, 홍태위가 실수로 복마전에서 마왕들을 풀어주는 이야기와 간신 고구의 출세 과정 및 황음무도한 행동이 주요 내용을 이룬다. 작품의 서두 및 발단에 해당한다.

② 호한들의 결집 과정(제2회 중반~제70회)

작품 전체에서 가장 정채로운 부분이자 구성상 전개 및 상승 단계에 해당한다. 노지심魯智深, 조개晁蓋, 오용吳用, 송강, 무송武松, 이규, 노준의盧俊義 등 주요 인물이 등장하고 이들이 양산박을 중심으로 모이면서 점차 세력을 확장하는 과정이 그려진다.

③ 양산박 세력과 관군의 대립(제71회~제81회)

양산박 체제의 확립을 의미하는 제71회의 '나천대제羅天大祭' 및 '대취회大聚會'는 작품 전체의 절정에 해당한다. 그러나 바로 이어지는 중양절重陽節 '국화회菊花會'에서는 이미 내부적 갈등이 보이기 시작하며, 작품은 사실상 여기서부터 서서히 하강곡선을 그리기 시작한다. 제75회부터 제80회까지는 두 차례에 걸친 조정 초무招撫의 무산 및 관군과의 전투 과정이 그려지며, 제81회에서는 연청燕靑이 직접 황제를 만나 초무를 간청하기에 이른다.

④ 호한들의 귀순과 요·전호·왕경 정벌(제82회~제110회 전반)

제82회에서 양산박 호한들이 조정의 초무를 받아들여 귀순함으로써 이후로는 조정의 군대로서 외침과 내란을 평정하는 과정이 그려진다. 대체로 하강 단계에 해당한다.

⑤ 방랍 정벌과 호한들의 비극적 결말(제110회 중반~제120회)

왕경 정벌 이후 불길한 조짐들이 나타나고 호한들 내부의 갈등이 증폭되기 시작하며, 이후 방랍 정벌 과정에서 호한들 절반 이상이 전사하게 된다. 살아남은 호한들은 황제로부터 관작을 수여받기도 하나, 노준의와 송강이 채경蔡京 등 네 간신의 모함으로 독살되며, 이규 역시 송강에 의해 독살된다. 이후 황제가 꿈에서 이들의 억울한 사연을 접하고 칙지를 내려 양산박에 호한들을 위한 사당을 세워주는 것으로 작품은 막을 내린다. 대략 파국 및 결말에 해당한다.

『수호전』 이야기의 흐름을 단계별로 나누어 제시하기는 했지만, 작품의 구성은 느슨한 플롯의 대표적인 케이스처럼 평가되고 인식되어 온 것이 사실이다. 우선 긴밀하고 유기적인 구성으로 잘 짜인 오늘날 소설들에 비추어보면 발단-전개-위기-절정-결말과 같은 전형적인 구성에 잘 맞아떨어지지 않기 때문이다. 서구적 관념의 영향을 많이 받은 이 같은 인식이 소설 발달 초기의 중국 소설에 그대로 들어맞기를 바라는 것 자체가 무리일 것이다.

『수호전』은 크게 전후 두 부분으로 나뉜다고 했는데, 거칠게 대별하여 전반부가 개별 인물들 중심의 상대적으로 독립된 영웅담 위주라면, 후반부는 집단화된 양산박 세력의 군담이 주를 이룬다. 작품 전후반이 각각 영웅(열)전과 군담소설이라는 다소 다른 성격의 서사를 보이고 있다는 것이다. 중국식으로 말하자면 전반부는 열전체列傳體, 후반부는 연의체演義體 곧 일종의 역사소설체로서의 성격이 두드러진다. 이처럼 전후반부의 서사 성격이 차이를 보이는 것 외에도 후반부가 전반부에 비해 예술적으로도 못 미친다는 평가가 지배적이며, 이 또한 작품 전체의 짜임새가 느슨하게 비치는 중요 원인이 되고 있다.

일찍이 김성탄이 제70회 이후를 후인의 속작으로 폄하하며 과감히 삭제해버린 것도 바로 이런 점이 큰 이유였다. 이 파격적 개편의 배경에는 실재하지 않는 이른바 '고본古本' 『수호전』의 원모를 따랐다는 구실과 더불어 도적이 조정의 초안招安을 받고 충의忠義라는 명분으로 미화되는 것을 받아들일 수 없었던 가치관도 자리하고 있었다. 하지만 무엇보다 당대 최고 비평가의 눈으로 제70회까지가 그 정수임을 예리하게 간파한 데에 그 핵심이 있었다.

그렇다면 이 같은 '느슨한' 구성은 어디에서 기인한 것인가. 가장 기본적인 원인은 소설의 원재료가 된 선행 '텍스트'들 자체에서 찾을 수 있다. 『수호전』의 전후 두 부분은 송원대에 유행했던 연행예술 '설화'의 하위분류 기준으로 본다면 각각 '소설小說'(또는 은자아銀字兒)과 '강사講史'라 불렸던 서로 다른 '장르'에 속했다. 연행예술 장르로서 '소설'과 '강사'는 그 기본적인 경향에 있어서 큰 차이가 있었다. 특정 인물이나 사건 중심의 짧은 이야기 위주였던 '소설'의 묘사가 세밀하고 정교한 데 비해, 긴 호흡으로 역사 이야기를 풀어내는 '강사'는 개략적이고 거칠었다.

'소설'은 당시 서민들의 다양한 삶의 모습을 매우 리얼하고 풍부하게 묘사한 것이었다. '소설'을 구연하던 이야기꾼들은 일반적으로 어떤 인물, 혹은 하나의 사건을 중심으로 극적인 구성과 선명한 인물 성격을 만들어냄으로써 그 자체로 하나의 독립적인 예술세계를 구축하였다. 바로 이런 부류에 속했던 수호 영웅담들이 『수호전』의 전반부를 구성하는 주요 기반이 되었던 것이다. 물론 전술했듯이 개별 인물에 포커스를 두고 무대를 구성했던 원대 잡극이 일궈낸 성과들의 영향 또한 유사한 맥락에서 이해할 수 있다. 『수호전』의 작자는 기존에 어느 정도 디테일이 갖춰지고 다듬어진 단편적 이야기들을 꿰어서 재가공할 수 있었고, 『수호전』 전반부의 서사적 특성은 바로 이러한 맥락 속에서 형성되었던 것이다.

반면 작품 후반부는 일부 대목을 제외하고는 대체로 문인 창작의 '연의체' 소설에 가까운 면모를 보인다. 문제는 연의체 서사 방식을 적용하면서도 그 저본이 될 만한 역사적 근거가 턱없이 부족했고, 기존의 축적된 이야기 또한 매우 성글었다는 데에 있었다. 실제로 작품 후반부에서 송강이 요, 전호 등을 정벌하는 부분은 아무런 사적 근거가 없고, 방랍을 평정하는 내용 역시 의거할 만한 사료나 재료가 빈약한 가운데 쓰인 것이다. 장편 창작의 경험이 축적되지 않았던 당시 상황을 감안하면, 이미 상당한 수준으로 다듬어져 있었을 기존 설화나 잡극 등을 글감으로 취하는 것과 거의 대부분을 작가의 능력에만 의존하는 것에는 상당한 차이가 있을 수밖에 없다. 더욱이 인물들의 개성이 두드러지고 고사성이 풍부하며 생생한 풍속화 같은 전반부와 달리 후반부는 지루한 대규모 전투 묘사가 주를 이루기에 서사의 패턴이나 밀도에서 서로 다른 양상을 드러내는 것은 당연한 귀결이라 할 수 있다.

다시 전반부의 구성적 특징에 대해 좀더 살펴보기로 하자. 전반부는 108호한의 양산박 결집 과정을 그리고 있기 때문에 계속해서 새로운 인물이 등장하면서 한 인물, 혹은 소수의 인물에 얽힌 단편적인 이야기들이 병렬적 혹은 단속적斷續的으로 연결되는 옴니버스식 구성을 보여준다.

짜임새가 이렇다 보니 송강이 과연 엄밀한 의미에서 작품을 일관하는 주인공인가 하는 의문을 낳는 것도 자연스러운 일이다. 물론 송강이 『수호전』에서 가장 중요한 위치를 차지하는 중심적인 인물임을 부정할 수는 없다. 그러나 일반적인 의미에서의 주인공과는 아무래도 그 성격이 조금 다르다. 이는 송강이 제18회에 가서야 처음 등장한다는 점과 그 이후에도 다른 등장인물이 어느 한 대목의 중심인물이 되면서 서사의 초점이 송강으로부터 벗어나 있는 경우가 오히려 더 많다는 점에서 그러하다. 그렇다 보니 『수호전』의 구성은 하나의 중심인물, 혹은 소수의 중심인물군을 중심축으로 긴밀한 구조를 만들어내는 것과는 다소 거리가 있을 수밖에 없다.

그러나 이와 관련하여 고구와 조개라는 두 인물에 주목할 필요가 있다. 작품 속에서 그다지 두드러진 인물형상은 아님에도 불구하고 적어도 작품 전반부, 크게는 전체의 내용과 형식을 유기적으로 결합시키는 두 축이 되고 있기 때문이다. 고구라는 반면인물은 사회정치적 의미에서 작품의 전형적 환경을 상징적으로 조성하고 있고, 조개는 그의 활동과 궤적을 통해 각기 동떨어져 있는 이야기의 맥락들을 견인하고 연결시키는 역할을 한다. 고구는 '프롤로그' 부분을 제외했을 때 작품의 첫 번째 등장인물로서, 그의 출세 과정과 이후 전횡을 일삼는 모습은 당시 부패한 사회정치적 환경의 대체적인 윤곽을 드러낸다. 또 이러한 환경은 민중의 반항을 불러일으키는 자기장 같은 작용을 하면서 호한들에게는 양산박으로의 결집이라는 하나의 지향점을 형성해준다.

김성탄은 작품에서 108인을 먼저 등장시키지 않고 고구를 먼저 등장시킨 것에 대해서 "반란의 빌미가 위로부터 주어진다(亂自上作)"는 말로 평가한 바 있는데, 이 역시 같은 맥락에서 이해할 수 있다.

조개는 먼저 조정 고관의 생신 예물을 탈취하는 과정에서 오용, 유당劉唐, 완씨阮氏 삼형제를 등장시키고, 그 후 양지, 송강을 이끌어낸다. 이후 송강이 반역시를 적은 혐의로 체포되어 사형당할 위기에 처했을 때 조개의 도움으로 구출되어 양산박에 가담함으로써 작품은 새로운 전기를 맞게 된다. 그 외에도 축가장祝家莊을 3차례 공격하게 함으로써 호삼랑扈三娘, 시천時遷 등 일련의 인물과 이야기들을 이끌어내며, 또 증두시曾頭市를 치다가 결국 화살에 맞아 사망함으로써 이후로는 이야기의 맥락이 송강을 중심으로 전개되도록 해준다. 병렬적이고 느슨한 듯한 스토리 전개 속에 이와 같이 잘 드러나지 않는 구성의 축이 자리하고 있는 것이다. 그리고 이 축은 이른 바 '관핍민반官逼民反'(지배층의 횡포로 백성이 반항함) '핍상양산逼上梁山'(핍박에 못 이겨 도적이 됨)이라는 제70회까지의 기본적 이야기 틀과 궤를 같이하는 것이기도 하다.

'의'와 '충'의 갈등

여기서 한 걸음 더 들어가면 이야기의 이면에 깔린 의미구조의 층위가 자리하고 있다. 그것은 곧 '의義'와 '충忠'이라고 하는 서로 길항하는 두 가치개념이 『수호전』의 내적 구조를 이루고 있다는 점이다. '의'와 '충'은 현실세계에 대한 개인 차원의 대응양식과 집단 차원의 대응양식으로서, 상대적으로 '의'는 개인지향적 가치체계인 반면 '충'은 집체주의적 가치체계이다.

'의'와 '충'의 상이한 가치지향으로 인해 발생하는 호한들 사이의 갈등은 작품 전반부에서는 '의'의 세계의 우세로 인해 외화되지 않으나, 송강이 양산박에 가담한 후 초안론을 제기함으로써 표면화된다. 초안론은 호한들이 거부하고 이탈했던 기존 사회질서로의 복귀와 '의'의 세계의 위축 및 와해를 의미한다. 초안론의 제기로 인해 내적 균열이 생겨난 양산박 세력의 최후는 외적 및 반란 평정을 통해 '충'을 실현하고 제도권 속으로 불완전하게 재편입되는 것으로 끝맺게 된다.

결국 '의'와 '충'의 갈등은 개인과 사회의 대립이라고 할 수 있으며, 기존 사회를 개혁하려는 호한들의 의지가 개인을 초월한 보편적 가치질서의 실현을 의미하는 '충'의 세계로의 역정 속에서 좌절됨에 따라 작품의 결말은 비극적으로 매듭지어진다. 『수호전』의 의미

구조로서 '의'와 '충'의 갈등은 바꾸어 말하자면 결국 현실적으로 양립 불가능한 강호의 세계와 제도권 질서의 관계를 보여주는 것에 다름 아니다.

다른 한편으로 초현실적인 상징체계 역시 작품의 구조 이해에 빼놓을 수 없는 측면이다. 『수호전』은 신비적 색채의 상징체계를 운용하고 있는데, 이는 비단 수호 영웅들에 대한 신비감을 조성하는 것에 그치지 않고 복잡다단한 작품에 내적 통일성을 형성하는 데에도 기여하고 있다. 앞서 프롤로그 부분에서 이미 소개한 바와 같이 이러한 측면은 먼저 작품 첫머리에서부터 잘 나타난다. 양산박 108호한을 한데 갇혀 있다 흩어진 별들의 화신으로 설정함으로써 이후 이들이 하나둘 연결되며 재차 결집하는 과정에 '필연성'을 부여해주는 서사 전략을 쓰고 있는 것이다. 단편적 이야기들이 병렬적으로 느슨하게 연결되어 있는 듯한 전반부에서 서술자는 이따금 이런 '필연성'을 독자에게 상기시켜주는 친절을 베풀기도 한다.

일례로 제44회에서 대종戴宗이 공손승公孫勝의 소식을 알아보러 계주薊州로 가는 길에 양림楊林 등 4명의 호한을 만나게 되는 장면에서 서술자가 개입하여 이렇게 말한다.

여기서 독자들이 알아야 할 것이라면, 이 역시 다 지살성의 운명인지라 때가 되니 하늘의 뜻대로 자연 의로써 함께 모이게 된 것이다. 다음의 시가 그것을 증명한다.

호걸들의 상봉은 연고 있는 법이라

맞물린 고리마냥 이어지게 마련이네.

……

 또다른 예로 제42회에는 양산박에 올라갔던 송강이 아버지와 동
생을 데리러 고향집에 돌아갔다가 포졸들에게 쫓기던 중 한 도교 사
원에서 꿈에 여신 구천현녀를 만나 천서天書를 받고 하늘의 명을 전
해 듣는 대목이 있다. 구천현녀는 송강에게 천서를 건네주며 이렇게
말한다.

그림 2-1 송강, 꿈속에서 구천현녀
를 만나다.(『이탁오비평』)

그대는 하늘을 대신하여 도를 행하되, 영수로서 충심을 다하고 의리를 지키며, 신하로서는 나랏일을 돕고 백성을 편안케 하며 그릇된 것을 버리고 바른길에 들어설지어다.

꿈속 이야기이지만 깨어난 후 송강의 소매 안에 천서가 들어 있는 것으로 묘사하여 초현실적 세계와 현실세계가 연결되도록 하고 있다. 이러한 설정은 송강이란 인물에게 특별한 지위와 의미를 부여하면서 수많은 호한들이 결국 그를 중심으로 결집되는 것에 개연성을 더해줄 뿐 아니라 양산박을 거점으로 한 그들의 집단행동에 '신성한' 정당성을 확보해주고 있다. 또 구천현녀의 말 속에는 작품 후반부에 송강의 무리가 조정의 초안을 받아들여 나라를 위해 전선에 나서게 될 것이라는 점이 암시되고 있다. 이는 '관굅민반' '픱상양산'이라는 전반부의 이야기 흐름이 이른바 '체천행도替天行道'(하늘을 대신하여 도를 행함)로 일컬어지는 후반부로 이어짐을 예고해주는 것이기도 하다.

그런가 하면 제71회에서는 양산박에 108호한이 모두 모이게 되자 나천대제를 올리는데, 제사의 7일째 되는 날 하늘에서 눈부신 빛이 비치고 채색구름이 감돌면서 불덩이 하나가 내려와 땅속으로 뚫고 들어간다. 땅을 파보자 비석이 하나 나오는데 거기에도 역시 천서가 적혀 있고 108호한 각각에 해당하는 별의 이름과 성명 및 별칭이 순서대로 쓰여 있다. 이 대목 역시 위에서 언급한 바와 같은 맥락

그림 2-2 제71회에 등장하는 나천대제는 『수호전』의 절정에 해당한다. 양산박에서 나천대제를 올릴 때 하늘에서 비석이 떨어지는 장면.(『수호전전』)

의 의미를 지니는데, 중요한 것은 바로 이 부분이 작품 전체에서 절정에 해당한다는 점이다. 작품의 대전환점을 이와 같은 방식으로 서술한 것은 작품 첫머리를 신비한 내용으로 장식한 것과 더불어 작가가 상징적 체계를 구조적으로 운용하고 있다는 것을 다시금 확인케 해준다.

한편 다소 부차적이지만 『수호전』 구조의 긴밀성을 저해하는 요소로 비칠 수 있는 또다른 서사적 특성들이 존재한다. 한마디로 간추리자면 그 역시 '설화의 흔적'이라고 할 만한 것들이다. 먼저 인물을 묘사할 때 다소 기계적이고 상투적인 표현방법을 드러내는 경향을 보인다. 인물이 처음 등장할 때면 어김없이 운문 혹은 묘사문을 끼워넣어 그 옷차림이나 생김새 등을 말하거나, 성품 혹은 내력을 이야기하는 것이라든지, 매 회의 끝부분에 시사詩詞 등을 활용하여 그 회의 내용을 개괄하거나 다음 회의 중심 내용을 귀띔해주는 것 등이 그렇다. 물론 이야기 중간중간에도 운문이 많이 삽입되어 있다. 또 매 회 첫머리에서 직전 회 마지막 부분의 내용을 되풀이하면서 시작하거나, 작품 곳곳에서 이야기 구연자가 관중에게 말을 건네는 방식으로 서술자가 직접 개입하기도 한다.

이러한 서사적 특징의 원류는 불교의 전래와 더불어 인도를 통해 전입된 이야기 문화까지 거슬러올라간다. 불교와 함께 포교를 위해 인도에서 들어온, 구어체 대사와 노래가 갈마드는 이야기 구연 방식이 사원에서 시작되어 차츰 민간에도 퍼져 대중화되었다. 이에 다양한 이야기들이 만들어지며 상업화되었고, 그 대표적인 예가 앞서 언급했던 '설화'였다. 그것을 문자텍스트로 정리·가공한 형태가 이른바 '화본話本'이었으며, 그것이 다시 장편화·문인화되면서 발전한 것이 백화 장회소설이다.

창과 아니리로 이루어진 우리의 판소리도 이러한 문화적 흐름과 음양으로 접맥되어 있다. 혹자는 '판소리로드'라는 개념을 제기하여 인도로부터 실크로드를 거쳐 한반도와 일본, 동남아, 심지어 중남미까지 이어지는 설창說唱 연행예술의 전파와 변용의 큰 흐름을 이야기하기도 한다. 여하튼 '설화'와 화본, 장회소설의 관계는 판소리와 판소리사설 및 판소리계 소설에 비견할 만한 것이라 할 수 있다.

상술한 '설화의 흔적'은 중국의 백화소설이 기본적으로 이러한 구연 연행예술을 그 직접적인 모태로 하고 있다는 점을 놓고 보면 일종의 자연스러운 문학적 관습으로 이해될 수 있다. 아마도 실제로 백화소설 창작 초기에는 작자가 설화인이 관객을 모아놓고 이야기를 구연하는 흥미진진한 현장감을 텍스트 속에 재현하려 했을 것이고, 독자들 또한 그러한 분위기를 연상하며 작품을 감상했을 것이다.

그러나 현재의 관점에서 본다면 그것이 작품의 긴밀성을 떨어뜨리고 흥미와 가독성을 감소시키는 역할을 하고 있음은 부정하기 어렵다. 구연의 현장성을 재현한다는 측면도 그것이 기록문학으로 전화되는 과정에서 기본적으로 이미 생명력을 잃은 것이라 볼 수 있다. 그런데 그것을 답습함으로써 서사 방식의 다양한 발전 가능성을 가로막는 형식적 굴레로 작용했다면 바람직한 현상만은 아니었다고 할 것이다.

사실상 중국 최초의 장회소설이라 할 수 있는 『수호전』에 이러한 혐의를 집중시킨다면 지나친 것일 수 있다. 하지만 장회소설의 이러한 형식적 특성은 작품마다 어느 정도 차이는 있으나 이후 청대까지 계속 이어진다. 여하튼 『수호전』의 구성 및 구조가 크게는 이러한 문화적 맥락 가운데 형성되고 향유된 것임을 상기한다면 원작을 접하면서 생길 수 있는 낯섦을 다소나마 덜고 읽기의 즐거움을 더할 수 있을 것이다.

제3장

영웅 출현의 조건: 절망 끝의 막다른 선택

망국의 기운 앞에 도적들이 들끓는다

동서고금을 막론하고 민초들의 삶이 팍팍하고 고달프지 않았던 적이 있을까 싶지만, 『수호전』에 그려진 북송 말기의 상황은 그야말로 녹록치 않았다. 근대 시기 이전 서사 가운데 백성들의 고단한 삶의 모습을 이만큼 풍부하게 담아낸 작품도 그리 많지 않을 것이다. 소설에 그려진 북송 말기의 사회 상황은 가히 총체적 난국이라 해도 과언이 아니며, 이는 상당 부분 역사적 사실에도 부합한다. 당시 수도 개봉은 인위적인 버블 경제로 호황을 누리는 듯했지만, 지방 농촌은 그 희생양이 되어 최악의 불황에 빠져들고 있었다.

호시탐탐 중원을 노리는 북방 민족, 정치적으로 무능하고 사치 향락에 빠진 황제와 국정을 농단하는 조정의 간신들, 부정과 수탈, 횡포를 일삼는 지방 관리와 아전들, 제구실 못 하는 기강 잃은 군대, 도처에서 들끓는 도적과 반란세력들, 가지각색의 시정市井 악인들……. 소설 속 각계각층 사회 구석구석에는 당대의 어두운 그림자가 드리워져 있고, 그런 환경을 살아가는 중생의 찌들고 일그러진 모습들이 자못 사실적으로 묘사되고 있다. 간혹 현능한 관료나 올곧은 인물이 등장하여 작은 희망의 빛을 드러내는 듯하지만, 예외적인 소수에 불과한 그들이 부조리로 가득한 말기적 상황을 바꿔낼 도리는 없었다.

소설 속 시대에 재위한 휘종 황제는 본래 즉위 전부터 군주로서 자격 미달이라는 부정적 평가가 자자했던 인물이다. 한량 기질이 다분했던 그는 집권 후 온갖 사적인 취미와 사치향락에 젖었던 데다, 경망하고 줏대가 없어 올바른 국정 운영은커녕 실정으로 결국 나라를 기울게 하고 만다. 물론 소설 속에서 황제의 부정적인 면모는 직설적으로 언급되는 경우는 거의 없다. 하지만 유심히 살펴보면 그 언행에 대한 묘사에 기본적으로 은근한 풍자의 시각이 깔려 있음을 감지하는 것은 그리 어려운 일이 아니다.

물론 휘종 한 사람에게 죄를 다 덮어씌울 수는 없다. 실제로 소설에서도 더 문제 삼고 있는 것은 그런 황제 아래서 아첨하며 사치향락을 조장하고 그 눈과 귀를 막아 국정을 제멋대로 좌우하는 4대 간신이다. 당시 사회와 나라를 총체적 난국으로 몰아간 정점에 그들이 있었다고 비판의 화살을 겨누고 있는 것이다. 소설에서는 그려지지 않지만 휘종 생전에 송나라는 끝내 금에 의해 멸망하고 마는데, 그렇게 만든 원흉이 바로 그들이라는 인식이 바탕에 깔려 있다. 4명의 간신이란 곧 채경, 고구, 동관童貫, 양전楊戩으로 모두 실존 인물이다.

채경은 20년간 권세를 휘두르며 정책 결정 및 인사권을 독점한 재상이고, 고구는 군 최고 수뇌 격의 태위太尉였으며, 동관과 양전은 역시 국정에 막대한 영향력을 끼친 환관들이다.

작품에서 동관은 주로 후반부에 출현하며, 양전 역시 후반부에 잠시 등장해 소설에서는 상대적으로 존재감이 희미하다. 역사적으로 『송사』「간신전」에도 실린 채경은 북송 멸망의 핵심 원흉으로 비판받는 인물이지만 작품에서는 표면으로 잘 드러나지 않는 편이다.

　소설 속에서 가장 악독하게 그려져 큰 증오감을 불러일으키는 인물은 고구이다. 송나라가 금의 침략에 속수무책으로 무너진 데에 대한 원성이 쌓이면서 자연스럽게 당시 군사 책임자로서 군정軍政을 파괴한 고구를 최고의 악역으로 만들었다고 봐야 할 것이다. 그에 관한 역사적 기록은 적지만 그 출세 과정에 관해 전해오는 이야기가 드라마틱하고 휘종까지 엮여 있어 아울러 조롱하기에도 안성맞춤이었을 터이다.

　고구는 파락호 출신으로 천성이 불량하고 주색잡기에 능한 인물이다. 잡기 중에서도 특히 축구를 잘했는데, 젊어서 이곳저곳을 전전하며 난봉꾼으로 살던 그가 우연한 기회에 바로 그 공 차는 솜씨로 아직은 등극 전이었던 휘종의 환심을 사 그의 수하로 들어가게 된다. 후에 휘종이 일찍 사망한 형 철종哲宗의 뒤를 이어 운 좋게 집권하자 그 역시 덩달아 승승장구하여 마침내 군 원수급 벼슬에까지 오르게 되었다. 결과적으로 나라를 멸망에 이르게 한 원흉이 다른 능력도 자격도 아닌 잡기와 아첨으로 벼락출세하여 군정을 좌우하며 세도를 부렸던 것이니 그를 발탁한 휘종도 이 문제에서 자유로울 수 없음은 자명하다.

　여기에는 어느 정도 전설적인 요소가 가미되었을 테지만 운명의 장난 같은 역사의 이 한 대목은 후세 사람들에게 두고두고 원망어린 이야깃거리가 될 수밖에 없었을 것이다. 소설 속에서 마치 사회악의 최종심급처럼 비춰지는 고구라는 반면인물의 설정은 이런 맥락에서 이루어지게 된 것이다.

한편 당시 군정이 엉망이 되었던 것은 상당 부분 휘종과 조정 대신들의 사치와 관련되어 있었다. 국가에 소속된 군인을 사적인 건설 사역 등에 동원한다든지 거액의 군비를 빼돌려 황제에게 헌납하거나 갖가지 부정한 용도로 유용하는 일이 허다했다. 결국 송의 군대는 원래 인원의 절반에도 훨씬 못 미치는 규모로 줄어들 수밖에 없었다. 훗날 고구를 탄핵한 어느 상소문에 따르면 그는 "부하 군인을 돌보는 데에는 은혜로움이 없고 훈련에는 법도가 없으며, 군정은 정비하는 일이 없어서 마치 허물어진 담 같아졌다". 군사 최고 책임자부터 본분을 잃었으니 이미 형편없이 쪼그라든 군의 실상이 어떠했을지는 미루어 짐작할 만하다.

이와 관련하여 소설 속에서 왕경의 반란세력이 삽시간에 창궐하게 된 까닭을 이야기하는 다음 대목은 당시 기울어가던 송의 단면을 엿보게 해주는 듯하다.

송조의 관병들은 거개가 군량을 제대로 타 먹지 못하고 조련도 하지 않은 데다 병졸이 장군을 개떡같이 알고 장군이 군졸들을 못 본 체하는 형편이었다. 도적들이 아주 흉악하다는 소문을 들은지라 군졸들은 도적이라는 말만 들어도 가슴이 섬뜩하였고 백성들은 낙담하였다. 적과 맞닥뜨리면 장군들은 겁이 나서 벌벌 떨고 병사들은 맥을 추지 못하였다.

　이렇게 되어 왕경 등 도적들이 목숨을 내걸고 달려드니 궤멸되지 않는 관군이 없는지라 왕경의 세력은 갈수록 커져 마침내 (후에 왕경이 왕성王城으로 삼은 요지) 남풍부南豐府까지 무너뜨리게 되었다. 그 후 동경에서 장군들을 보내왔는데 그 장군들이란 채경이나 동관에게 뇌물을 먹이지 않으면 양전이나 고구에게 뇌물을 먹인 자들로서 뇌물만 쓰게 되면 그가 용렬한 자이건 선비이건 높은 관직에 바라오를 수 있었던 것이다. 장군들은 돈을 써서 권세를 손아귀에 틀어잡기만 하면 마음대로 군량을 잘라 먹고 양민을 죽이고 가짜 공을 청하는가 하면 병졸들이 노략질하며 지방을 소란케 해도 내버려두니 시달림에 못 견딘 백성들이 도적 무리에 가담하지 않을 수 없었던 것이다. 이리하여 도적들은 세력이 점점 커져 군사들을 휘몰아 남하하게 되었다.(제105회)

　소설 속에서 양산박 세력은 왕경 같은 반란세력과는 유다른 집단처럼 미화되기는 하지만, 그들이 세력을 형성하고 확장하는 과정에 있어서도 기본적으로 위와 같은 현실이 기저에 깔려 있다고 할 수 있다.

양산박으로!

앞서 수호 영웅들이 결집하고 세를 불려나가는 과정을 그린 소설 전반부의 골자를 '관핍민반' '핍상양산'으로 압축한 바 있다. 108호한이 말기적 난국 속에서 권력의 횡포와 핍박에 못 이겨 어쩔 수 없이 도적의 무리가 된다는 것인데, 자세히 보면 이런 틀에 잘 부합하지 않는 경우도 많다. 그럼에도 불구하고 상당수 주요 인물들을 통해 이러한 구도를 드러내고 있는데, 그 전형적인 예로 첫손에 꼽을 만한 인물은 임충林冲이다. 출중하고 충직한 군인이었던 그가 고구의 음모에 빠져 생사의 갈림길에 거듭 내몰리다 끝내 살인을 범하고 부득이 양산박의 일원이 되는 까닭이다. 악의 축인 고구와 갈등 관계를 이루는 데다 양산 호한으로 변모하는 과정이 매우 기구하면서도 곡절 있게 그려지며, 이후 양산 호한들 가운데서도 비중이 큰 인물이 되기 때문이기도 하다.

임충은 금군禁軍 교두教頭라는 신분으로 등장한다. 금군은 우리의 수도방위사령부처럼 주로 도성인 개봉 지역을 지키던 근위대 겸 송나라의 정규군에 해당한다. 임충은 여기에 속해 군사들의 창봉槍棒 훈련을 담당하던 부사관 정도의 하급 교관이었다. 비범한 외모와 뛰어난 무예, 충후한 성품의 소유자로서, 표범 같은 얼굴을 지녔다고 하여 표자두豹子頭라는 별칭이 따라다니기도 한다. 그런 만큼 작품

그림 3-1 임충이 누명을 쓰고 유배를 떠나는 장면.(『이탁오비평』)

속 특히 전반부에서 자못 인상적이면서도 매력적으로 다가오는 인물 가운데 한 명이다.

　그런 그가 고구의 수양아들이 그의 아내를 탐해 희롱하는 데에 저항하다 밉보이면서 운명이 뒤바뀐다. 상명하복의 군 조직에서 자신의 최고 상관이자 무소불위의 권력을 휘두르던 고구의 심기를 건드린 죄로 그는 결국 계략에 걸려 누명을 쓰고 유배길에 오르게 된다. 고구의 음모는 집요하여 임충은 귀양길에서조차 이루 말할 수 없는 고초를 겪고 죽음의 위기에 처했다가 간신히 모면한다. 이후 유배지까지 쫓아와 그를 없애려는 고구 수하들의 흉계에서 또 한 번 구사

일생으로 벗어나 마침내 그들을 살해하기에 이른다. 그의 가장 절친했던 친구가 고구의 권세에 눌려 그를 배신하고 이 일련의 과정에 가담했다가 결국 임충의 손에 죽임을 당하는 것도 씁쓸함을 더한다. 아이러니하게도 엄동 설야의 대형 화재 속에 벌어지는 그의 복수극은 참혹하지만 배경 묘사가 절묘해 명장면으로 꼽히기도 한다.

한편 나중에야 밝혀지지만 그의 아내는 고구의 협박에 못 이겨 스스로 목숨을 끊고 장인까지도 그 울화로 세상을 떠나게 된다. 영락없이 오갈 곳 없는 중범이 되고 만 그에게 법과 권력의 테두리를 벗어나는 것 외에 제도권 질서 안에서 다른 선택은 없었다. "집이 있어도 돌아가지 못하고 나라가 있어도 몸 하나 붙일 데가 없구나"라는 그의 비감어린 탄식은 작품 속에서 핍상양산을 상징하는 메아리가 되었다.

임충과 더불어 또 하나의 대표적인 예로 양지의 경우를 빼놓을 수 없다. 양지 역시 본래 하급 군관 출신이다. 양산박에 합류하기 전 그는 이미 양산박에 발을 들여놓은 임충과 맞닥뜨려 일전을 벌이는 인물로 처음 등장하는데, 서로 결판을 내지 못하는 것으로 묘사될 만큼 역시 뛰어난 무예를 지닌 것으로 그려진다. 임충의 경우 처음 교두라는 신분이 되는 과정은 그려져 있지 않으나, 양지는 3대가 장군을 지낸 무관 명가의 후예이자 무과급제 출신인 것으로 소개된다. 그는 오후五侯 양령공楊令公, 곧 북송 초기 요나라와의 싸움에서 혁혁한 전공을 올려 유명한 군담 서사 '양가장楊家將' 이야기의 핵심

그림 3-2 임충이 엄동 설야에 화재 속에서 복수를 하는 장면. 임충의 복수극은 참혹하지만 배경 묘사가 절묘해 명장면으로 꼽힌다.(『이탁오평』)

인물이 되기도 하는 명장 양업楊業의 후손으로 묘사되고 있는 것이다. 얼굴에 커다란 푸른 반점이 있다고 하여 청면수青面獸라는 별칭이 따라다니는 인물이기도 하다.

금군 소속의 군관이었던 그가 벼슬을 잃고 결국 녹림객이 되는 과정의 기구함과 곡절함은 임충에 못지않다. 그리고 그 근본 원인을 거슬러올라가 보면 황제 및 관료들의 사치향락과 부패, 권력의 횡포가 난마처럼 얽혀 있다. 양지는 황제를 위한 만세산萬歲山 축조에 쓸 태호太湖의 화석花石, 곧 수석 운반 임무를 맡았다가 도중에 황하의 풍파로 배가 침몰하자 처벌이 두려워 도망자 신세로 떠돌게 된다. 후에 사면을 받아 복직을 시도하는데, 그 과정에서 연줄을 놓고 상하 관속들에게 뇌물을 바쳐서야 겨우 군권을 쥔 고구를 만날 수 있는 것으로 묘사된다. 하지만 고구는 복직은커녕 과거의 실책과 도주를 문제 삼아 오히려 그를 크게 꾸짖고 쫓아버린다.

이제 생계조차 막막해진 양지는 할 수 없이 저잣거리에 나가 수중에 유일하게 남은 전가의 보도寶刀를 팔다가 괜한 시비를 거는 동경의 악명 높은 무뢰한을 살해하고 자수하여 대명부大名府 즉 한단邯鄲 지역으로 유배를 당한다. 유배지에서 요행히 대명부의 권력 실세이자 채경의 사위인 양중서梁中書의 총애를 입어 살길이 열리는 듯하더니, 이번에는 양중서가 채경에게 보내는 생신 예물 호송 책임을 짊어졌다가 도중에 조개 등에게 탈취당하고 궁지에 몰려 자살까지 생각하다 결국은 양산박 가담을 결심하게 된다.

당시 황제 휘종의 사치는 음식, 동물, 서화, 골동 등으로부터 시작해서 차츰 정원 조경, 건축, 축산築山 등으로 끝없이 이어졌던 것으로 전해지며, 소설 속에서도 간간이 그 일단을 엿볼 수 있다. 당연히 그 비용은 기하급수적으로 늘어갔고 그만큼 국가재정에 큰 압박이 더해졌으며, 부담은 결국 고스란히 지방 백성들의 몫이 되었다. 천문학적인 비용을 들여 그 취향을 부추기고 만족시켜주며 아첨했던 자들은 다름 아닌 채경, 동관 등의 간신배들이었다.

만세산은 말하자면 황제를 위한 정원 속의 인공산으로 간악艮嶽이라고도 불린다. 소설에는 휘종 황제가 시국이 심상치 않은 가운데서도 간신들에게 넘어가 얼렁뚱땅 정무를 처리하고는 바로 이 간악으로 노닐러 가는 장면이 삽입되어 있기도 하다. 이런 정원이나 인공산 조성 등에는 양자강 하류 남쪽의 태호 기슭에서 채취되는 기이한 형상의 관상용 정원석인 태호석이 특히 선호되었다. 엄청난 크기와 무게의 이 돌들을 운반하는 일로 인해 수많은 백성들이 고통을 받았고 그 원한은 갈수록 깊어졌다. 『수호전』에도 묘사되는 역사적 사건인 방랍의 반란 역시 이런 사치향락을 위한 수탈에 그 원인이 있었다.

양지가 화석 곧 태호석 운반 실책으로 도주한 것은 따지고 보면 그의 죄라고도 보기 어렵다. 태호석 운송은 원래 군인 본연의 임무가 아니었기 때문이다. 그가 이 일로 인해 벼슬을 버리고 도주했다는 설정 자체가 바로 당시의 이런 뿌리깊은 문제점을 간접적으로 문

그림 3-3(좌) 양지가 보검을 파는 장면.(『이탁오비평』)
그림 3-4(우) 오용 등이 생신 예물을 탈취하는 장면.(『이탁오비평』)

제 삼고 있다. 애초에 이런 부당한 일이 주어지지 않았다면 그가 살인을 범해 유배를 당할 일도, 생신 예물 호송 실패로 죄를 뒤집어쓰고 도적이 될 일도 없는 것이다.

명문의 후예로 뛰어난 무예를 지닌 무관이 본래 임무가 아닌 황제의 사치생활과 그에 아첨하는 일에 동원되고 그로 인해 벼슬을 잃는 상황이나, 사면이 된 후에도 군 수뇌의 간악함으로 복직을 거부당하는 억울한 상황 모두 당시 붕괴된 군정의 단면을 여실히 비춰준다. 한 걸음 더 나아가 양지의 기구한 인생과 '몰락'은 북송의 암울한 운명을 상징하고 있다고 해도 지나치지 않다. 양지가 보검을 파는 이야기가 그토록 인기를 누려오고 『수호전』 내에서도 명장면으로 꼽히는 것도 단지 그 대목 자체의 흥미진진함과 뛰어난 묘사 때문이라기보다 이러한 맥락과 함의를 지녔기 때문일 터이다.

한편 생신 예물이라고 하여 일반적인 선물 정도로 생각하면 오산이다. 10만 관, 오늘날 수십억 많게는 100억 원 이상 값어치의 엄청난 고가 금은보화로, 단순히 사위와 장인 간의 예물이라기보다는 사실상 지방관과 중앙 실권자 사이의 권력형 뇌물수수에 다름 아니다. 당시 사치에 물든 궁중의 풍조는 자연히 채경, 동관 등 조정 대신과 환관들에게도 전염되면서 그들 역시 엄청난 부와 사치향락을 누렸던 것이 사실이다. 이러한 부를 떠받쳐준 것이 정상적인 수입이었을 리는 만무하다.

양중서의 시각에서 보더라도 일개 지방관이 한 차례의 인사치레로 그런 거액의 예물을 보낼 정도면 나머지 상황은 미루어 짐작할 수 있다. 그런 정도의 재물이 어디서 생겨났겠는가 하는 것은 상상에 맡길 일이지만, 역시 예물이란 명목으로 미화되는 뇌물수수나 수탈 등 부정축재가 아니고서는 사실상 불가능한 일이었다고 봐야 할 것이다.

관료들은 물론 아전들에 이르기까지 지위 고하를 막론하고 당시 뇌물수수나 수탈이 편만해 있었음은 작품 곳곳의 묘사를 통해서도 엿볼 수 있다. 소설에서는 이 생신 예물을 백성의 고혈을 짜낸 불의한 재물로 규정하면서 호한들의 첫 집단행동이기도 한 그 탈취를 의로운 행위로 정당화하는데, 여기에는 이런 맥락이 깔려 있는 것이다. 그런가 하면 이 예물 탈취 사건에 채경이 격노하여 도적들을 잡아들이도록 명하는데, 작품 속에서 이는 결국 지배 권력과 양산박 세력 간의 대립으로 치닫는 데에 중요한 계기로 작용하기도 한다.

결국 양지의 양산박 가담 과정은 당시의 이러한 구조적 병폐로 인해 빚어진 것이며, 동시에 그런 부조리를 넌지시 드러내는 과정이기도 하다. 구체적인 양상은 다르지만 임충의 경우도 본질적으로 이와 같은 맥락에 있음은 물론이다. 이런 점에서 『수호전』의 핵심 골자는 의義와 불의, 혹은 충忠과 간奸 사이의 대립인 것으로 평가되기도 한다. 소설 속에는 "관가에 악한 자들 욱실거리니 영웅들은 참다못해 손을 펴게 되었네"라든지 "의리가 중하니 나라 법도 어길 때 있다. 백성 고혈 짜는 관리 도적보다 더하다", "어두운 조정의 운수가 기울 때라 사해의 예서제서 영웅들 일어나네", "간사한 자 능한 자들 억누르고 있으매 하늘이 악한 별 인간에 내려보냈네" 등과 같은 서술자의 논평이 적잖게 보이는데, 그 역시 작품의 이러한 구도와 무관하지 않다.

더 거슬러올라가면 소설의 이 같은 구도에는 수호 이야기 형성 과정 속의 사회 중하층 백성들, 곧 이야기 주요 향유층의 시각과 정서가 자리하고 있다. 그들의 고통과 원한, 염원과 이상을 대변하는 가운데 이야기가 형성되고 기본 틀이 잡혔던 것이다. 소설 『수호전』역시 기본적으로 이러한 바탕 위에서 호한들을 형상화하여 수용자의 자연스러운 공감을 자아내고 나아가 그들을 영웅으로 받아들이고 추앙하도록 이끈다.

한편 이러한 구도 속에서 호한들의 최종 귀착지가 되는 곳이 바로 양산박이다. 산동 서남부에 실재하는 공간이기도 한 이곳은 거대한 저습지와 호수 한가운데 솟은 땅이 수중 요새를 이뤘던 둘레 800리의 드넓은 지역이다. 물로 둘러싸여 바깥세상과 격리되어 외부로부터 접근하기 어렵고 방어하기 좋으면서도 물길 등을 이용해 각지로 이동하기 좋은 지점이었다. 실제로도 오랜 세월에 걸쳐 밀거래를 하는 비밀결사나 도적들의 좋은 은신처 역할을 해왔다. '수호전'이란 제목도 양산박의 이러한 지리적 특성에서 비롯되었다. '수호水滸'란 물가를 뜻하는 말로, '수호전'이란 곧 이런 지리적·공간적 특징을 지닌 '물가에서 일어난 이야기', 좀더 풀자면 강호 녹림객들의 이야기라는 의미인 것이다. 물론 소설 속의 양산박은 실재를 그대로 재현한 것은 아니고 가공이 더해진 상상의 공간이다.

양산박은 기존의 법과 권력의 질서에서 벗어난 독립적인 세상이자 강호의 별세계로 묘사된다. 양산박은 단순히 지리적·공간적으로 동떨어진 도피처나 은신처에 머물지 않는다. 그곳은 불의에 저항하고 암울한 현실에 맞서는 상징적 의미를 지닌 공간으로 설정된다. 이곳에 모여든 호한들은 불의에 대하여 죽음의 맹세로 '의'를 함께 하는 집단을 이루고, 나아가 하늘의 뜻을 받들어 나라와 시대를 살릴 구원자로서 '충'의 집단을 지향해나간다. 충의라는 명분이 더해짐으로 인해서 양산 호한들은 도적을 넘어 의적, 나아가 영웅이 되고, 양산박은 단순한 아지트로서의 현실 공간을 넘어 가치론적 지표이자 이상적 공간이 된다.

이는 개인으로서 한 작가가 만들어낸 공간이기보다는 장구한 세월에 걸친 민중의 애환과 염원이 빚어낸 심상공간에 가깝다. 그리하여 현실의 우환과 고통, 절망 속에서 잠시나마 독자들에게 마음을 기탁할 수 있는 환상의 탈출구이자 상상의 해방구로서의 공간으로 존재하게 된다. 암울한 현실 속 밑바닥 인생들의 이야기가 천고의 영웅담이 될 수 있었던 조건이 바로 여기 있다.

제4장

영웅 중의 영웅, 주요 캐릭터와 활약상

36명의 두령이 108명으로

우리는 이따금 『삼국지연의』 인물 가운데 누가 가장 좋은지를 심심풀이 화제로 삼고는 한다. 『삼국지연의』에도 수많은 인물이 등장하지만 대개는 그 가운데 손에 꼽는 몇 인물을 두고 호오好惡를 이야기하거나 품평을 하기 마련이다.

근래에는 독자층이 줄어서인지 『수호전』에 대해서는 이런 이야기를 주고받는 경우가 드물어지기는 했지만, 같은 질문을 주고받을 때 선뜻 대답이 어려워지기도 한다. 여기에는 여러 가지 이유가 있을 수 있겠지만 『수호전』에는 다양한 캐릭터의 수많은 주요 인물이 등장한다는 것이 중요한 원인의 하나로 작용하지 않나 생각된다. 어쩌면 『수호전』 하면 양산박이나 108호한이 먼저 떠오를지도 모른다. 특정 인물보다는 다수의 인물, 혹은 각양각색의 인물들로 이루어진 집단적 이미지를 먼저 연상케 하는 면이 있다는 것이다.

소설 속에서 108호한이 드디어 양산박에 모두 결집하자 이를 기념하는 성회盛會를 열게 되는데, 이 대목에 삽입된 노래는 그들의 모습을 이렇게 형용한다.

팔방이 한 지역 되고 타성他姓이 한집안 됐네. 별의 정령 세상에 나타나고 빼어난 정기 이 땅에 모였구나.

천리 밖 살던 사람 조석으로 상면하며 일편단심 생사를 같이하고, 생김새 말씨는 동서남북 다 달라도 충의로운 마음만은 조금도 다름없네.

귀족부터 갑부, 벼슬아치에 삼교구류三敎九流 망라했고, 사냥꾼이며 어부, 백정, 망나니까지 있건만 너나없이 호형호제 귀천을 가리잖네.

동복형제 있는가 하면 남편 아내, 삼촌 조카, 처남 매부 물론이고 주인 하인 사이며 원수지간도 있건만 내남없이 잔칫자리 함께 즐기며 친소를 따지잖네.

영민한 자, 무모한 자, 시골뜨기, 풍류 인물 누구나 거리낌 없이 이해하며 같이 살고, 글재주며 말재간, 창칼 솜씨, 뜀박질, 도적질에 속임수까지 저마다 장기 있어 적재적소 쓰이네.(제71회)

특수한 집단이기는 하지만 출신지에서부터 신분, 성별, 외모, 성격, 특기 등에 이르기까지 다양한 스펙트럼의 각양각색 인물로 구성된, 그야말로 사해일가四海一家의 축소판임을 집약적으로 보여주고 있다. 그만큼 독자의 관심이 어느 한 인물에 치우치기도 쉽지 않은 인물 구성을 지니고 있다고 할 것이다.

작품이란 모름지기 인물 하나하나가 각각의 특성을 지닌 서로 다른 인물형상으로 설정되고 묘사되어야 한다. 『수호전』은 108명에 이르는 상당한 규모의 집단이면서도 과연 한 사람도 겹치지 않게 각인각색의 생동하는 군체를 빚어내었고, 이 점은 이 작품의 뛰어난 예술적 성과로 손꼽힌다. 다만 인물이 너무 많다보니 작품 속에서 모두를 다 선명하게 부각시킬 수는 없었다. 실제로 그 가운데 두드러지게 묘사되거나 깊은 인상을 남기는 인물만 골라내면 그 범위가 꽤 좁혀진다. 단순화해서 말하자면 36천강성과 72지살성 가운데 아무래도 상위의 대두령들인 36인이 더 비중 있게 다뤄지면서 인물의 개성도 더 잘 드러나는 경향을 보인다.

여기서 잠시 108이라는 숫자에 대해 짚어볼 필요가 있다. 앞서 언급했듯이 송대에는 36인의 두령들만 이야기되던 것이 원대 이후에 72명이 보태지면서 108인이 되었다고 보는 것이 일반적이다. 이야기가 갈수록 인기를 끌자 조정과 관군에 맞서는 세력으로 묘사되는 양산박 집단의 규모를 그에 걸맞게 늘릴 필요가 있었을 것이고, 또 그런 거대한 집단 구성의 기능적 요구에 있어서나 나름의 완결성 구비 면에서도 이러저러한 특징과 장기를 지닌 다양한 구성원들이 보강되어야 했을 것이다. 거기다 36과 72라는 숫자는 고래로 중국인들이 여러 방면에서 관습적으로 써왔던 친숙한 것이기도 했기에 자연스럽게 결합되어 108이란 숫자가 만들어진 것으로 보인다.

72인의 경우 원대까지만 해도 그저 인원수 정도로만 이야기되던 것이 후대에 와서 구체적인 인물들로 만들어져 덧붙여진 것으로 추정된다. 36천강성과 72지살성은 고대 중국의 점성술과 관련된 신격들에서 비롯되었다고 보는 견해도 있다.

나중에 붙여진 것이겠지만 작품 속에서는 108호한을 염주알에 비유하고 있기도 하다. 이는 마치 한몸처럼 온전한 군체를 이루고 있음을 형용하는 표현이지만, 그들의 비극적 결말과 관련하여 일종의 무상함을 연상케 하기도 한다. 그러나 이를 어떻게 받아들이느냐는 문제는 당연히 독자에게도 그 해석의 가능성이 열려 있다. 여하튼 108명이라는 어떤 특별한 함의를 지닌 듯한 많은 인물이 송강을 정점으로 정연하게 서열을 이루면서 각각에 해당하는 별의 이름과 특이한 별명까지 붙여져 신비감과 흥미로움을 선사해준다.

한편 108호한들 중에는 양자강 일대나 그 이남의 남방 출신들도 더러 있지만 주류는 산동과 하북 일대를 중심으로 한 북방 출신인 것으로 설정되어 있다. 그들의 '실제' 근거지와 이야기의 발원지가 이 지역인 까닭이다.

그중에서도 핵심은 양산박이 자리한 산동이다. 중국에서 전통적으로 산동 하면 '산동호한山東好漢' 또는 '산동대한山東大漢'이라 하여 호방하고 의협심 강한 '사나이' 이미지로 유명한 지역이다. 산동 남성들의 타고난 기질이 그러하다는 것인데, 수호 이야기의 유행도 이러한 인식 형성에 일조했다고 할 수 있다. 하북 역시 고대에 호협함을 대표하는 지역이었다. 일찍이 전국시대에 약소국이었던 연나라의 복수를 위해 진시황 암살을 시도했던 비운의 협객 형가荊軻는 이 지역의 영웅적인 의협 기질을 상징하는 아이콘이다. 중국 역사상 가장 치열한 전장 역할을 해왔던 이 지역은 상무 정신이 투철하고 각종 무술이 발원했던 곳으로도 유명하다.

오늘날 중국 인민해방군의 핵심을 이루는 양대 산맥이 이 두 지역 출신인 것으로 평가되고 있기도 한데, 역시 이러한 역사적 배경과 무관하지 않다고 할 것이다. 요컨대 이러한 지역성이 이야기와 인물형상의 특징적인 면모를 형성하는 데 상당한 역할을 했을 것이다. 이러한 측면에도 관심을 기울인다면 작품과 인물형상을 감상하는 데에 일정한 도움이 될 것이다.

그렇다면 다시 108호한 가운데서도 대표적인 인물들로 누구를 꼽을 수 있을까. 소설을 읽고 나서 가장 기억에 남는 것은 어떤 인물들일까. 아무래도 송·원대에 오랜 세월에 걸쳐 단편적인 이야기나 공연을 통해 만들어지고 다듬어져왔던 인물들이 우선순위를 차지할 수밖에 없다. 물론 그들은 모두 36천강성에 속한다. 그중에서도 다시 추리자면 문제가 복잡해지는데, 여기서는 양산박 세력의 우두머리로서 빼놓을 수 없는 송강을 위시해서 일반적으로 인구에 가장 많이 회자되는 인물들을 중심에 놓되 작품 속에서의 중요도나 활약상을 함께 감안해 선별 소개하고자 한다. 단순 나열 방식을 지양하기 위해 상호 간의 공통점이나 관계, 상보성 등 측면을 고려하여 두 인물씩 짝을 지어 소개하기로 한다.

인물 선별과 구성에는 필자의 개인적 판단이 개입되어 있고 지면도 제한되어 있어 어떻게 해도 『수호전』의 인물 세계를 다 담아낼 수는 없다. 나머지는 독자들이 실제로 원작을 감상하면서 자신만의 선호 인물과 더불어 인물 서사의 묘미를 발굴해볼 것을 권한다.

송강과 이규

"조정이 나를 저버린다 해도 나의 충심은 조정을 저버리지 않겠네."

"살아서 형님을 섬겼으니 죽어서도 형님 밑의 귀졸이 되겠소."

송강과 이규가 죽기 전 서로 주고받은 이 말은 두 인물의 엇갈리는 지향점이 엿보인다. 두 사람은 '의'와 '충'의 갈등이라는 『수호전』의 의미구조에 있어 서로 대척점에 있는 인물이면서도 가장 아끼는 사이이기도 한 묘한 관계에 있다. 사실상 작품의 양대 핵심 인물이자 문제유발자라 해도 과언이 아닌 이 두 사람은 캐릭터도 상반된다 할 만큼 대조적이면서 의외로 다소 닮은 구석도 있다. 양산박의 리더와 그 가장 충직한 수호자의 이야기를 만나보자.

양파 같은 리더 송강

송강은 산동 제주부濟州府 운성현鄆城縣 송씨 집성촌의 토박이이자 지주 집안 출신의 셋째 아들로, 그 고을 관아의 압사押司 신분으로 등장한다. 압사는 관리들 밑에서 실무를 보조하는 아전인데, 작품에서 송강은 현청 형방刑房의 우두머리 역할로 나온다. 작달막하고 팡파짐한 몸집에 까무잡잡한 얼굴을 지녔으며 나이는 서른 안팎이다. 봉황새 눈에 누에 눈썹, 빛나는 눈동자와 늘어진 귓불, 넓은 이마에

두툼한 입술……. 키가 작고 얼굴이 검어 흑송강이라고도 불렸지만 자못 범상치 않은 관상의 소유자다. 어느 정도 여유 있는 집안에서 자라 어려서는 글공부도 한 덕에 주흥이 돋으면 시 한 수 정도는 단숨에 써낼 만큼 능숙한 문필을 지녔다. 여기에 초심자에게 창봉술을 가르쳐줄 정도의 무예도 가지고 있다. 아전 신분이지만 그런대로 문무를 겸비한 존재인 것이다.

송강은 지체는 비록 낮지만 덕망은 태산처럼 높은 인물이다. 집에서는 효성이 지극하고 남에게는 의리를 중히 여기며 재물을 아끼지 않아 사람들은 그를 효의孝義 흑삼랑黑三郎이라 불렀다. 그런가 하면 강호의 호한들과 사귀기 좋아하여 빈부귀천을 가리지 않고 누구든 반가이 맞이하고 늘 지극정성으로 후히 대접한다. 어렵고 곤궁한 사람들을 돌봐주고 다툼이 생기면 화해시키는 것에도 늘 자기 일처럼 나선다. 많은 백성이 어려움에 처해 있던 시절이었던지라 이런 명성이 널리 퍼지면서 사람들은 그를 급시우及時雨 송공명宋公明이라 부르게 되었다. 자字가 공명인 송강을 마치 가물에 단비 같은 존재라 칭송하듯 일컬었던 것이다. 그는 호보의呼保義라고도 불리는데 '보의'라는 말단직 관리마냥 '스스로를 가장 낮은 사람이라고 부르는 자'란 뜻으로, 덕망이 높으면서도 늘 자신을 낮추는 그의 사람됨을 대변해주는 별칭이다. 이런 그이고 보니 어디를 가든 처음 만나는 사람도 선성을 익히 알고 우러러 받드는 것이 자연스러운 일이 되었다.

기실 그 시절 지방의 일개 서리인 그가 가히 전국적인 명성을 누린다는 것은 현실적으로 불가능한 일이다. 아전의 부패와 횡포도 결코 만만치 않았던 전통 시기에 이런 송강의 이미지에는 이야기를 만들어내고 향유해온 중하층 민중의 염원과 이상이 투영되어 있는 것이다. 다른 한편으로 송강의 이런 자질과 인덕은 훗날 양산박의 리더로 변모하기 위한 기본 조건 역할을 하며, 그로 인해 독자들도 자연 그의 편에 서서 이야기의 흐름을 따라가게 된다.

송강은 상부로부터 생신 예물 탈취 사건 범인인 조개 등의 체포령이 떨어졌을 때 사건을 초도 접수하는 당직 근무자로 처음 등장한다. 같은 지역 촌장이기도 한 조개와 원래 친분이 깊었던 그는 관가의 체포 기밀을 몰래 미리 알려 그들을 위기에서 벗어나게 해준다. 한편 노총각이었던 그는 왕 매파의 감언이설에 넘어가 간부姦婦 염파석閻婆惜을 동거녀로 맞이하는데, 공교롭게도 도적 무리와 내통하는 관계임이 그녀에게 들통나고 만다. 염파석의 입을 막을 수 없게 되자 궁지에 몰린 나머지 그녀를 살해한 후 그를 두둔하는 사람들 덕에 고향을 빠져나가 은신 생활을 하게 된다.

그러던 중 지인인 청풍채淸風寨 무관 화영花榮에게 의탁하기 위해 찾아갔다가 그 지역 청풍산 도적패의 두목으로 몰리는 사건에 휘말려 체포당한다. 압송 도중 청풍채 도적들의 도움으로 구출된 후 해코지한 자들을 응징하면서 급기야 공권력과 무력으로 맞서는 상황이 된다. 사태가 심각해지자 무리를 이끌고 양산박으로 근거지를 옮

기기로 결정한다. 양산박으로 가던 도중 자신을 보고 싶어하는 아버지가 보낸 거짓 부음에 고향집에 돌아갔다가 결국 체포되어 멀리 양자강 남쪽의 강서 강주江州로 유배를 당한다. 후에 강주 심양루濤陽樓에서 취중에 울적하여 신세 한탄과 은근한 야심이 담긴 시를 적어놓은 것이 화근이 되어 반역죄로 사형 위기에 처한다. 처형 직전 양산박 호한들에게 극적으로 구출되면서 마침내 양산박 무리에 정식으로 가담한다.

송강의 양산박 가담 과정은 간단치 않다. 그가 양산박 영웅으로 변모하는 과정은 다른 어떤 인물보다 우여곡절을 보이면서 더디게 진행된다. 이는 상당 부분 그가 체제유지적인 보수적 성향을 보이는 인물인 것에 기인한다.

애초에 의리상 조개 등을 체포 위기에서 구해주기는 하지만 그들의 행위에 대해 속으로는 부정적으로 평가한다. 후에 유배길에 오른 그를 조개 등이 빼내어 양산박 가담을 적극 권유하지만, 그는 천리와 충효를 내세우며 한사코 거절하기도 한다. 녹림객들과 교류하고 깊은 친분을 유지하면서도 무법자가 되는 것만큼은 계속 거부하는 태도를 보이는 것이다. 물론 청풍산 도적 두목으로 몰려 체포되었다가 탈출해서 앙갚음하는 과정에서 공권력과 심각한 무력 충돌까지 빚는 가운데 이미 변화의 단초를 드러내기도 했다. 그러나 그의 양산박 가담은 곧바로 이루어지지 않는다. 거듭 체포되어 유형을 살다가 반역죄까지 쓰고 사형 직전에 구출되는 막다른 길에 다다르고서야 드디어 양산박에 가담할 의사를 스스로 밝히게 된다.

이는 그가 주동적으로 양산박에 가담한 것이 아니라 피동적으로 가담한 것임을 보여주는 과정이다. 대인군자다운 면모를 지닌 그가 도적패의 리더가 되기까지는 독자의 공감을 얻을 만한 현실적 개연성과 합리화 과정이 필요했던 까닭이다. 또 그 과정에서 스토리가 곡절 있게 전개되고 풍성해짐과 동시에 자연스럽게 새로운 인물들을 등장시키는 효과를 낳게 되는 것은 물론이다. 북방과는 환경이 사뭇 다른 남방이 배경이 되면서 이야기의 변주가 이루어지고, 뱃일과 헤엄에 능숙한 남방 사내들과 맺어지는 인연이 후에 양산박 수군의 활약상으로 연결되는 것이 그 좋은 예이다.

양산박 가담 이후 리더로 서는 과정도 짚어볼 필요가 있다. 양산박 산채 주인의 계보는 왕륜王倫으로부터 조개, 송강으로 이어진다. 원래 과거시험 실패자였던 왕륜은 단순 도적 떼의 우두머리로서 도량이 매우 좁은 인물이다. 조개 등이 체포 위기에서 벗어나 양산박으로 피신해오자 왕륜은 그들의 실력을 경계하여 포용하지 못한다. 그로 인해 왕륜은 결국 이를 못마땅하게 여기는 임충에게 살해되고 조개가 새로운 리더로 추대된다. 조개 체제하에서 양산박은 조직과 세력이 크게 확장되지만 여전히 도적 집단의 성격을 벗어나지는 못한다. 송강이 양산박에 가담하자 조개는 송강에게 산채 주인 자리를 양보하려 하나 송강은 이를 극구 거절하며 두 번째 자리에 앉는다. 후에 조개가 양산박을 적대시하는 증두시曾頭市와의 전투를 이끌다 독화살에 맞아 사망하면서 결국 송강이 산채 주인 자리를 맡게 된다. 그러나 송강은 그를 산채의 새 주인으로 추대하려는 부하들의 의견을 거듭 물리치고 자신을 쏜 자를 리더로 삼으라는 조개의 유언에 따라야 한다며 임시 역할을 자임한다. 이후 하북의 명사 노준의라는 만만치 않은 리더 후보가 뒤늦게 양산박에 합류하자 송강은 그에게 자리를 양보하려는 의사를 재삼 드러낸다. 나중에 증두시와 또한 번 전투를 치르면서 노준의가 조개를 쏜 사문공史文恭을 사로잡는 공을 세우자 송강은 또다시 그에게 자리를 내주려 한다. 노준의가 이를 사양하자 송강은 이렇게 말한다.

제가 겸손 떠는 게 아니라 저로 말하면 노 원외員外보다 못한 것이 세 가지가 있습니다. 첫째로 저는 얼굴이 검고 키도 작고 몰골이 추한 데다 재주까지 없는데, 원외께서는 외모가 당당하고 체구가 늠름하여 귀인상을 지녔습니다. 둘째로 저는 하잘것없는 아전으로 있다가 죄를 짓고 도망하여 다니던 중 여러 형제들이 버리지 않고 잠시 이 자리에 앉혔던 것이나, 원외께서는 부귀한 가문에 태어나 오랫동안 호걸이란 영예를 지녀왔고 어려움은 좀 겪었다 해도 하늘의 보우를 받아왔습니다. 셋째로 저에게는 나라를 다스릴 만한 학식이 없는 데다 사람들을 감복시킬 만한 무예도 없고 닭의 목을 비틀 힘조차 없으며 아무런 공로도 없는데, 원외께는 만인을 당할 힘이 있고 고금지사에 널리 정통하셔서 천하에 우러러 감복하지 않는 이가 없습니다. 존형께서는 이런 재덕을 갖추셨으니

응당 산채의 주인이 되셔야 합니다.(제68회)

물론 여러 두령들이 불복하여 노준의는 두 번째 자리에 있게 되지만, 송강은 이번에도 정식으로 주인이 되려 하지 않는다. 이렇게 해서 송강이 자타가 공인하는 산채의 주인이 되는 것은 결국 이후 신비한 사건을 통해 하늘의 뜻이 구성원 모두에게 분명히 확인될 때까지로 미뤄진다.

관련해서 덧붙이자면, 노준의의 경우 걸출한 인물임은 분명하지만 『수호전』은 어떤 면에서 '송강전'이기도 해서 그가 리더가 되는 것은 애당초 있을 수 없는 일이었다. 『수호전』의 바탕이 된 원 이야기들은 크게 주류인 산동 계통과 비주류인 하북 계통으로 나뉜다고 보는데, 노준의는 산동이 아닌 하북 계통의 전설과 관련된 인물로 뒤늦게 구색을 갖추기 위해 만들어져 들어간 인물로 평가된다. 그러다 보니 인물형상으로서도 그다지 성공적으로 그려지지 못한 감이 있다.

다시 부연하자면, 『수호전』의 원류는 태행산 일대를 중심으로 금나라 세력에 맞서 항쟁했던 이른바 '충의군忠義軍'들의 이야기였던 것으로 추정된다. 이들 군담은 남송 초까지만 해도 연행예술로 큰 인기를 끌었던 것으로 보이나, 이후 송 조정의 화의정책 기조로 민간에서의 공연이 금지되면서 점차 자취를 감추고 개별 인물의 단편적인 영웅담으로 변모하여 유행하게 된다. 다만 『대송선화유사』에서 송강 무리의 활동 거점이 태행산으로 설정되어 있는 것에서 그 흔적을 엿볼 수 있다. 『수호전』의 108호한 가운데 양지楊志, 관승關勝, 호연작呼延綽 등 항금抗金 투쟁에 참여했던 인물들이 더러 포함되어 있기도 하다.

『수호전』의 주요 무대가 산동 양산박으로 완전히 굳어진 것은 원대의 일이다. 원대에 양산박이 속해 있는 산동 동평부東平府는 경제적으로 매우 부유하고 희곡 등 문화가 크게 발전했던 지역이었기에, 양산박을 중심으로 활약하는 송강 무리의 이야기가 자연스럽게 공연문화의 주요 레퍼토리가 되어 인기를 끌 수 있었다. 그러면서 여기에 기존 '충의군' 이야기 요소의 일부가 태행산 일대로부터 산동으로의 정책적 이주 등에 힘입어 전래되면서 『수호전』의 맥락 속으로 흡수되었던 것으로 평가된다.

각설하고, 그렇다면 양산박의 리더로서 송강의 면모는 어떠한가. 대규모 무장 세력의 영수이지만 개별 인물로서의 송강은 무예로나 전공戰功으로나 두드러진 활약을 보인다든지 깊은 인상을 남기지 못하는 것이 사실이다. 그보다는 툭하면 수심에 휩싸이고 눈물을 보인다는 이미지가 더 강하다. 노준의와 스스로를 비교한 자평은 상당 부분 '객관적'이라고 할 만하다. 그럼 무엇이 그를 리더로 자리매김하게 했는가. 단순화하자면 기본적으로 덕성과 대의명분이 이를 뒷받침하고 있다고 할 수 있다.

송강의 평소 사람됨과 덕망에 대해서는 앞서 이미 소개하였다. 그가 양산박에 가담하자마자 이미 대규모 관군과 맞설 만큼 만만치 않은 세력으로 성장해 있는 산채의 주인 자리를 제의받는 것에 독자들이 크게 의아함을 느끼지 않게 되는 데는 평소 그가 강호에서 쌓아온 덕망이 밑받침되고 있다. 이런 높은 덕망을 지닌 그이지만 양산박 가담 이후에도 끊임없이 자신을 낮춘다. 뛰어난 적장이 사로잡혀오면 먼저 다가가 손수 결박을 풀어주며 엎드려 맞이하고, 걸출한 인물이 새 멤버가 되면 산채 주인의 자리를 언제고 양보하려 한다. 구성원이 위난에 빠지면 누구보다 아파하며 온 힘을 다해 구하려 한다. 늘 자기를 낮추고 다른 이들을 포용하며 나아가 어려움에 함께하려는 모습, 그것이 리더로서 그의 남다른 면모이다. 자신을 낮출 수 있기에 자신보다 뛰어난 이들을 널리 받아들이고 서열은 있되 차별은 없는 수평적 공존의 질서를 이뤄낼 수 있는 것이다. 잦은 근심과 눈물도 타인을 자신의 일부로 받아들임으로써 가능한 공감력을 보여주는 것에 다름 아니다. 말하자면 송강은 부드러운 카리스마를 지닌 리더라 할 수 있다.

한편 송강은 기존과 다르게 양산박에 명확한 대의명분을 세우고 그것을 지켜내려 함으로써 리더임을 증명한다. 그는 임시 리더가 되면서부터 조직의 새로운 방향성을 제시한다. 산채의 중심공간인 취의청聚義廳의 명칭을 충의당忠義堂으로 바꾼 것은 그 상징적인 조치였다. 형제들 간의 '의'에 더하여 나라에 대한 '충'을 강조하기 시작한 것이다. 후에 정식 우두머리가 되고서는 나라를 보호하고 백성을 편안케 해야 한다는 '보국안민'의 기치를 들기에 이른다. 더 나아가 '체천행도', 곧 하늘을 대신하여 바른 도를 행한다는 대담한 슬로건을 내건다. 이로써 더이상 단순히 자족적인 도적 떼가 아닌 그 이상의 의미와 가치를 지닌 세력으로 탈바꿈을 꾀한 것이다.

공격 표적도 백성에 해를 끼치는 관리들과 부자들로 국한한다. 그리하여 양산박은 백성들로부터 '양민을 해치는 일이 없고 탐관오리들만 미워한다'라든지 '가난한 사람을 구제하고 늙은이를 도와준다'는 명성을 널리 얻게 된다. 부패한 현실에 맞서 약자와 민심의 편에 선 의적, 나아가 개인과 집단의 차원을 넘어 나라를 구할 대안 세력이라는 가치와 명분을 가질 수 있도록 한 것이다.

리더 송강의 이러한 방향성은 후에 초안론 제기로 이어지면서 비록 일부 호한들과 갈등을 낳기도 하지만, 결국 양산박 세력이 귀순에 성공하여 관군으로서 외적 정벌과 내란 토벌에 대공을 세우는 큰 변화로 연결되기도 한다. 물론 일종의 상징화라 할 만한 이 일련의 움직임은 오로지 송강 개인의 사고에서 비롯된 것이 아닌 천명天命, 곧 하늘의 뜻인 것으로 설정된다. 양산박에 드디어 108인이 다 결집하여 하늘에 제사를 올리는데, 불현듯 굉음과 더불어 하늘 문이 열리면서 커다란 불덩이와 함께 하늘의 뜻과 108인의 이름 및 서열이 새겨진 비석이 떨어지는 신비한 사건은 여기에 결정적인 역할을 한다. 송강이 정식으로 산채의 주인이 되는 것도 바로 이 시점이다. 리더로서의 현실적 조건에 이와 같은 상징화가 더해지면서 확고한

그림 4-1 송강이 몰래 조개 등을 도주케 하는
장면.(『이탁오비평』)

그림 4-2 송강이 염파석을 살해하는 장
면.(『종백경』)

그림 4-3 송강이 심양루에서 반역시를 쓰는
장면.(『이탁오비평』)

그림 4-4 양산박 호한들이 사형 위기에서
송강을 구해내는 장면.(『이탁오비평』)

지위를 얻게 되는 것이다.

그러나 리더로서 송강에게 이런 긍정적인 면만 있는 것은 아니다. 역시 단순화하자면 그에게는 일종의 권모가로서의 측면도 있다. 앞서 언급한 두 측면이 비교적 명확히 드러나는 편이라면, 이 같은 모습은 대개 두드러지지 않은 방식으로 드러나는 경향이 있다. 하지만 자세히 살펴보면 송강의 그런 면모는 곳곳에서 감지된다.

큰 잘못이 없는 축가장祝家莊 초토화를 적극 주도하는가 하면, 눈여겨둔 인물을 양산박에 가담시키기 위해 독랄한 계책도 마다하지 않는다. 일신의 위기를 모면하기 위해 똥오줌 바닥을 뒹굴며 미치광이 행세를 하기도 하고, 자신의 안위를 위해 비겁하고 비굴한 언행을 보이기도 한다. 늘 스스로를 낮추기만 하는 듯하지만 마음 깊은 곳에는 나라에 공을 세워 청사에 이름을 남기고자 하는 야망을 지니고 있기도 하다. 그런가 하면 더러 우유부단하거나 경솔하고 경망한 모습을 드러내기도 한다. 눈물 많은 리더와는 어딘가 잘 어울릴 것 같지 않은 음험하고 위선적인 구석과 더불어 결점들도 지니고 있는 것이다.

이러한 송강의 모습은 『초한지楚漢志』(『서한연의西漢演義』)의 유방劉邦이나 『삼국지연의』의 유비와 닮은 듯한 인상을 주기도 한다. 대체로 부정적인 면모들이지만, 어쩌면 이런 면들도 난세에 거친 강호의 세계에서 그가 리더로서 살아남은 처세술이자 현실적 바탕이 아니었을까. 여하튼 소설 속에서 송강은 이런 부정적인 면들을 덮어줄

만큼 덕망과 명분을 지닌 리더로 그려지고 있고, 또 그것을 통해 자신의 부족함을 아랫사람들이 채워주게 하기도 한다. 요컨대 이런 점들까지 감안해보면 송강은 간웅 또는 안티히어로에 가까운 리더라 할 만하다.

이처럼 송강의 캐릭터는 단순하거나 평면적이지 않다. 오히려 그는 양면성 내지 다면성을 지닌 인물이자 작품 속에서 가장 복잡한 인물형상이기도 하다. 상징화에도 불구하고 그는 이상적인 인물이기보다는 현실적 인물로 그려지고 있는 것이다. 그가 완전무결한 인물형상으로 그려졌다면 도리어 리얼리티가 떨어졌을 것이고, 다양한 스펙트럼의 인물들과 조화를 이루기도 어려웠을 것이며, 스토리의 곡절과 다채로움도 반감되었을 것이다.

물론 인물형상으로서 일부 모순된 면모에는 고대 소설로서 한계를 드러내는 지점도 없지 않고, 이야기가 많은 사람의 손을 거쳐 '쓰이고' 소설이 '문인화'되는 과정에서 생겨난 문제들도 없지 않을 터이다. 어쨌든 인물 송강의 이런 복잡성 덕분에 그에 대한 다기한 평가와 해석이 끊임없이 이어지고 있다. 송강에 대한 해석이 곧 『수호전』에 대한 해석으로 직결되기도 하는 까닭이다. 역설적이게도 『수호전』이 시대를 뛰어넘어 계속해서 읽혀온 데는 다분히 논쟁적이라 할 만한 이런 열린 해석의 가능성도 한몫했다고 할 수 있다.

무지막지한 어릿광대 이규

이규는 송강이 강주로 유배되었을 때 처음 인연을 맺은 유형소의 옥졸獄卒로 등장한다. 원래는 송강과 마찬가지로 산동이 고향이고 소작농 가정 출신이다. 사람을 때려죽인 죄로 강주로 도망쳤다가 사면을 받았으나 그곳에 남아 간수 노릇을 하며 홀로 지내는 신세였다. 옥졸이라면 아전이나 아역衙役급으로 교도소의 말단 교도관 정도의 신분이다. 크게 보면 본래 송강과 사회적 신분이 비슷한 인물인 것이다. 108호한 가운데는 이처럼 아전급 출신 인물들이 여럿 포함되어 있기도 하다.

이규는 온몸이 시커먼 데다 눈은 벌겋고 흉악한 인상을 지녔다. 송강도 그를 처음 봤을 때 화들짝 놀랄 만큼 심상치 않은 외모의 소유자이다. 외모만 그런 것이 아니라 몸이 쇠처럼 단단하고 힘은 물소같이 세어서 철우鐵牛라고 불리기도 하는 사내다. 일자무식에 입이 거칠기로 108인의 으뜸인 데다 행동은 한층 더 거칠다. 우둔한데 성질은 유난히 괄괄하여 늘 경거망동하는 사고뭉치이다. 서슬 퍼런 강철 쌍도끼를 늘 허리에 차고 다니는데, 한번 욱했다 하면 웃통을 벗어던지고 천둥 같은 고함을 지르며 쌍도끼를 사정없이 휘두른다. 그가 도끼를 휘둘렀다 하면 수십 명쯤 찍어 넘기는 것은 일도 아니다.

흑선풍黑旋風, 이를테면 '블랙 토네이도'라는 닉네임이나 살기가 느껴지는 천살성天殺星이라는 그의 별 이름에서도 이런 특성이 잘

배어난다. 양산박 가담 이후 산동 일대에서는 흑선풍 이규라는 소리
만 들어도 밤에 울던 아이들이 울음을 그친다고 할 정도로 그는 살
벌함의 대명사이다. 위인이 이렇다 보니 무슨 규범이나 질서, 예절
따위도 전혀 아랑곳하지 않는다. 게다가 술이라면 사족을 못 쓰는데
주사까지 있어 술만 마셨다 하면 사달이 나고야 만다.

그렇다고 이규가 악한이기만 한 것은 아니다. 외곬으로 빠지는
경향이 있기는 해도 심지는 곧은 인물이다. 불의한 일을 보면 물불
을 안 가리고 악한 자를 응징하려 드는 것은 그러지 않고는 못 배기
는 천성 덕이다. 두려움이 뭔지 모르고 앞뒤를 재지 않기에 무슨 일
에든 먼저 나서는 적극성도 단연 으뜸이다. 다혈질이지만 겉과 속이
같은 단순하고 순진한 인물로, 바탕에는 의외로 선한 마음을 지닌
존재이다.

이규가 비록 우둔하여 사리를 모르기는 하오나 그래도 약간의 장점은
있습니다. 첫째로 그는 좀처럼 남에게 굽히지 않는 사람이라 구차한 짓
을 하는 일이 없고, 둘째로 남에게 아첨할 줄 몰라 죽어도 충성은 변하지
않으며, 셋째로 음욕과 사악한 마음이 없고 재물을 탐하여 의리를 배반
하는 일이 없이 싸움에 용맹하게 앞장서 나갑니다.

이규의 상관 출신인 대종이 역성을 들어주며 공손승의 스승 나진
인羅眞人에게 하는 말에 그의 됨됨이가 잘 집약되어 있다. 송강은 강

주에서 그를 처음 만나고부터 그 거짓 없는 성격과 충직함을 마음에 들어하여 이내 가장 좋은 사이가 된다. 말썽이 끊이지 않다보니 송강에게 꾸지람도 가장 많이 듣지만 한결같이 송강을 지키며 심복 역할을 하는 인물이 바로 이규이다. 이른바 '선비는 자신을 알아주는 이를 위해 죽는다'는 말의 아전 버전 패러디라고 할까. 이규의 외골수적 성격은 어느새 송강에 대한 무조건적 충성심으로 나타난다. 위험에 빠진 송강을 구하는 일에 죽음을 불사하고 누구보다 먼저 나서는 것은 자연 그의 몫이 된다. 강주에서 송강이 막 처형되려는 찰나 좌충우돌 뛰어드는 그의 모습에서 송강에 대한 충심과 그 활약상의 일단을 엿볼 수 있다.

이때 범같이 생긴 검은 사나이가 웃통을 벗어부치고 두 손에 도끼를 한 자루씩 비껴들고 벽력같은 고함을 지르면서 네거리 한편에 자리잡은 찻집 이층에서 뛰어내리는 것이었다. 그 사나이는 도끼를 번쩍번쩍 휘날리더니 어느새 목을 베려던 망나니 둘을 찍어 넘기고 감참관監斬官을 찍으려고 그의 말 앞으로 달려들었다. 군졸들이 황급히 창을 들고 대적하려 했으나 당해낼 재간이 없는지라 지부知府 채구蔡九를 옹위하며 뺑소니를 놓았다. …… 그 검은 사내는 사람들 속에서 도끼를 휘두르며 닥치는 대로 찍어 넘기고 있었다. 조개 등은 그 사람을 알지 못했지만 그가 누구보다 먼저 힘을 쓰고 사람도 제일 많이 죽이는 것을 눈앞에서 보는 바였다. 조개는 흑선풍 이규가 송강과 사이가 제일 좋은데 거칠고 혜덤비는 위인이라고 한 대종의 말이 퍼뜩 떠올라서 소리쳤다.

"여보슈, 거 앞에 호한은 흑선풍이 아니오?"

그 사나이는 응대할 생각도 없이 큰 도끼를 번쩍번쩍 휘둘러 연방 사람을 찍어 넘긴다.…… 여러 두령은 수레와 짐들을 내버리고 모두 그 검은 사나이를 따라 성 밖으로 짓쳐나갔다.…… 강변까지 곧장 짓쳐나간 검은 사내는 튀는 피에 온몸이 피투성이가 된 채로 강가에서 계속 사람을 죽이고 있었다. 조개는 박도朴刀를 비껴들고 소리쳤다.

"백성에겐 죄가 없소. 무턱대고 사람을 죽여서는 안 되오!"

그 사나이는 들은 체도 하지 않고 한 도끼에 하나씩 연신 찍어 넘겼다.

……(제40회)

자신이 주군처럼 섬기는 송강을 빼면 이규는 사실상 어떤 것도 두려워하지 않는 반항의 아이콘 같은 존재이기도 하다. 기존 질서와 타협적 경향을 보이는 송강과는 달리 그에게는 아무런 굴레도 없다. 그의 언행은 종종 당돌함을 넘어 무모한 망발이나 폭거로 치닫곤 한다.

객쩍은 소리는 그만하오, 이제 형님이 황제가 되고 노 원외가 재상이 되고 우리 모두 고관이 되어 동경으로 쳐들어가 그 제밀할 놈의 자리를 빼앗는다면 여기서 떠들고 있기보다 나을 게 아니오?

송강이 노준의에게 산채 주인 자리를 내주려 하여 옥신각신하는 중에 이규가 나서서 외치는 말이다. 그에게는 송강에 대한 충성과 '형제'들에 대한 의리가 있을 뿐 국가 권력이고 사회질서 같은 것은 안중에 없다. 조정에서 양산박에 초무를 위한 특사를 처음 보내왔을 때도 진정성이 없다며 황제의 조서를 찢어버리고 욕을 해대며 난동을 부리는가 하면, 황제가 와 있는 기녀 이사사李師師의 집에 불을 지르고 닥치는 대로 부수고는 기어이 동경성東京城을 치겠다고 혼자 달려들기도 하며, 휘종의 꿈속이기는 하지만 도끼를 들고 황제에게 덤벼들기도 한다. 물론 그 밑바탕에는 법도가 바로서지 못한 사회와 나라를 좀먹는 권력층에 대한 불만과 분노가 자리하고 있다.

물불을 안 가리고 상궤를 훌쩍 뛰어넘는 그의 일탈적 언행들은 긴장감과 함께 통쾌함을 선사한다. 이규라는 다소 과장된 인물형상은 당시 민심의 대변자 같은 역할로 만들어진 면이 있고, 그로 인해 이야기 향유자들은 그의 이런 언행들을 통해 일종의 대리만족을 느꼈을 것이다.

그런가 하면 이규는 웃음의 아이콘이기도 하다. 그는 첫 등장부터 웃음을 가져다준다. 원체 예절이라고는 없고 말도 거친 그이기에 처음 보는 송강을 두고 "이 깜둥이는 뉘쇼?" 하고 물어 독자의 웃음을 유발한다. 냉혈한, 살인마의 면모와는 대조적으로 그는 희극적 장면을 도맡아 연출하고 그 거친 말씨로 종종 유머를 구사하면서 반전 매력을 뿜낸다.

그림 4-5 이규가 수장현에서 사또 행각을 벌이는 장면(좌)과
서당에 난입하여 소동을 일으키는 장면(우).(『수호전전』)

그는 스스로 망가지며 웃음을 자아내기도 하지만 기성 질서와 권력을 희화하여 웃음을 만들어내기도 한다. 신령한 도인 나진인을 죽이겠다고 덤볐다가 단단히 혼쭐이 나는 대목은 스스로 망신을 당하며 연신 폭소를 자아내는 대표적 장면이다. 수장현壽張縣을 들이쳐서 현 아문을 접수한 후 사또의 의관을 훔쳐입고 엉터리 원님 놀음을 하고는 곧이어 서당에 난입하여 대소동을 일으키는 사건은 다분히 송대 문치주의와 부패 권력을 희화하는 코믹한 장면이다.

전통 시기 중국의 희곡이나 소설에는 골계미를 자아내는 우스꽝스럽고 해학적인 캐릭터가 하나쯤은 등장하는 것이 보통이다. 누구나 아는 『서유기』의 저팔계 같은 인물이 대표적인 예인데,『수호전』에서는 이규가 바로 이런 배역을 담당하고 있는 것이다. 피비린내 나는 잔혹한 싸움으로 가득한 이야기 속에서 그의 톡톡 튀는 언행은 분위기를 반전시키고 긴장을 풀어주며 유쾌한 웃음을 가져다주는 양념 같은 역할을 한다.

송강이 내용상 핵심 인물이자 주인공이라면 이규는 그의 가장 충성스러운 수하로서 아마도 독자들의 뇌리에 가장 깊은 인상을 남기는 인물이 아닐까 싶다. 복잡한 송강과 달리 단순하면서도 역시 대조적인 양면성을 드러내는 캐릭터이다. 이규라는 인물이 원나라 때 이미 온 무대를 평정하다시피 할 만큼 사랑받은 것은 살벌한 살인마이지만 충직한 수호자이자 통쾌한 응징자이면서 순진무구한 어릿광대이기도 한 복합적 매력을 지닌 캐릭터 덕분이었을 터이다. 108호한이 대개 그러하지만 이규는 작품 속에서 가장 대표적인 다크히어로형 인물로 꼽을 만하다.

노지심과 무송

108호한 중에서도 슈퍼히어로를 꼽는다면 노지심과 무송은 절대 빼놓을 수 없을 것이다. 그만큼 두 인물은 이규와 더불어 가장 많은 팬을 거느린 캐릭터이기도 하다. 두 사람 모두 거구에 괴력의 소유자이자 강직하고 정의감이 남다른 인물이다. 양산박 가담 이전에는 군인이었던 점이나 불교적 이미지를 보이는 점, 두주불사의 애주가라는 점 등에서도 공통점을 보인다. 양산박에 오르기 전부터 같은 도적패로 함께 활동하고 양산박 가담 이후에도 종종 짝을 이루어 활약하며, 최후의 모습에서도 유사성을 드러낸다. 배다른 형제처럼 유사한 듯 서로 다른 두 사람의 이야기를 따라가보자.

우악스러운 정의의 불자 노지심

노지심은 서북방의 관서關西 사람으로, 본명은 노달魯達이다. 그의 출신 배경에 대해서는 구체적으로 드러나는 것이 없다. 까막눈인 그는 아마도 하층민 출신에 오랫동안 가족도 없이 혈혈단신으로 살아온 인물인 듯하다. 그는 위주渭州 경략부經略府 제할提轄 신분으로 처음 등장한다. 제할이라면 중대장, 기껏해야 대대장 정도의 위관급 군관 신분이다. 변방의 하급 무관이지만 순전히 자신의 힘과 무예를 바탕으로 그나마 거기까지 올라갈 수 있었으리라. 둥그런 얼굴에 힘상긋은 눈, 우뚝한 콧날과 네모진 입, 큼지막한 귀에 덥수룩한 구레나룻. 허리는 절구통 같고 가슴에는 털이 잔뜩 난 8척의 거구이다. 잔등에는 커다란 문신까지 하여 화화상花和尙이란 별명을 지닌 그는 누가 봐도 겁날 우락부락한 인상을 지녔다. 게다가 큰 나무를 맨손으로 뿌리째 뽑아낼 정도의 가공할 괴력과 우레 같은 괴성의 소유자이기도 하다.

언행이 거칠기로는 이규에 버금가고, 성미가 불같기로도 이규와 막상막하이다. 그러나 이규처럼 단순히 거칠기보다는 시원시원함과 노련함을 보이기도 하는 것이 노지심이다. 성질이 우악스럽기는

그림 4-6 노지심이 수양버들을 뿌리째 뽑는 장면.(『이탁오비평』)

하지만 본성은 역시 순수하고 강직하여 선량한 사람을 해치는 법이 없고 악한 자는 원수 대하듯 한다. 약자에 대해서는 오히려 동정심이 많아 한번 도우면 아무 사심 없이 자신의 전부를 걸고라도 끝까지 돕는 진정한 호협함을 보인다.

"사람을 죽이려면 피를 봐야 하고, 사람을 구하려면 끝까지 구해야 한다"는 그의 말에서 이런 사람됨이 단적으로 드러난다. 옳은 일이라면 앞뒤를 가리지 않으며, 제아무리 대단한 권력자라도 두려워하는 법이 없다. 그는 본디 어디에도 구속되는 걸 싫어하여 규율이나 금기 같은 것은 아랑곳하지 않는 자유로운 영혼이다. 양산박 가담 이후에도 그는 송강이 제기한 초안론에 불만을 표기도 하고 끝내는 세상의 모든 굴레를 던져버리고 홀연히 떠나간다.

노지심은 등장 후 첫 사건에서부터 그의 호협함을 여지없이 보여준다. 악질 토호의 터무니없는 갑질 사기로 고통받는 타향 출신 하층민 김취련 부녀를 구해주는 사건이 그것이다. 푸줏간으로 부자가 되어 이름도 거창하게 진관서鎭關西 정鄭 나리라 불리는 정 백정이 거액의 몸값을 준 것처럼 꾸며 김취련을 첩으로 들였는데, 본처가 그녀를 쫓아내자 몸값 배상을 강요하는 바람에 부녀는 절망 속에 하루하루를 보내고 있는 형편이었다. 우연히 이런 딱한 사정을 접한 노지심은 주저 없이 이들을 돕는 데 나선다. 우선 그들에게 노자를 주어 안전하게 탈출시킨 후 정 백정을 찾아가 응징한다.

노달은 쳐든 고기 봉지로 정 백정의 면상을 갈겼다. 마치도 고기 비가 내리는 것 같았다. 정 백정은 버럭 성이 나서 분이 꼭뒤까지 치밀고 가슴속에서는 분노의 불길이 이글이글 타올라 참을 수 없게 되었다. 정 백정은 도마 위에서 뼈 발라내는 뾰족칼을 집어들고 달려들었다. 이때 노 제할은 벌써 길거리로 나와 있었다. 많은 이웃 사람들과 푸줏간 일꾼 10여 명이 있었지만 누구 하나 선뜻 나서서 말릴 엄두를 못 냈다. ……

정 백정은 오른손에 칼을 들고 왼손으로 노달의 멱살을 잡으려 했으나 도리어 노달에게 그 손이 붙잡히고 발길에 아랫배를 걷어채여서 길바닥에 쿵 하고 나가넘어졌다. 노달은 바로 다가가 그 가슴팍을 밟고 서서 큰 주먹을 높이 들고 정 백정을 내려다보며 말했다.

"내가 처음부터 경략 나리 밑에 들어가 관서 땅 안찰사까지 올랐다면야 진관서라 불려도 안 될 게 없겠지만 너같이 푸줏간에서 칼 잡고 백정질 하는 개 같은 놈의 주제에 진관서가 다 뭐냐? 이놈아, 어째서 김취련을 겁탈했느냐?"

그러고는 주먹으로 그의 콧등을 냅다 내리치니 대번에 피가 툭 터져 나오고 코는 한쪽으로 비뚤어졌다. 마치 양념 가게라도 벌인 듯이 짠 것, 신 것, 매운 것 할 것 없이 모조리 쏟아져나왔다. 정 백정은 아무리 악을 써도 일어날 수가 없었고 쥐었던 칼도 떨어뜨린 채 입으로만 뇌까릴 뿐이었다.

"치기는 잘 친다!"

"제기랄 도둑놈이 그래도 말대꾸냐?"

그림 4-7 노지심이 혼찌검을 내
주려고 주먹다짐을 하다가 진관
서를 죽이는 장면.(『이탁오비평』)

　　노달은 욕을 하며 주먹으로 눈두덩을 또 한 대 내리쳤다. 대번에 눈귀
가 터지며 눈알이 튀어나왔다. 이번에는 흡사 비단 가게를 벌인 듯 붉은
것, 검은 것, 자줏빛 할 것 없이 터져 나왔다. 양켠에서 구경하던 사람들
은 노 제할이 무서워 누구 하나 선뜻 나서서 말리지 못하였다. 정 백정은
더는 견딜 수가 없어서 살려달라고 애걸하였다.

　　"퉤! 네놈은 망나니다! 끝까지 뻗댄다면 봐줘도 이제 와서 비는 건 용
서 못 하겠다!"

　　노달이 호통치며 또 한 번 내려치니 주먹이 관자놀이에 떨어졌다. 얼

어맞은 정 백정에게는 마치 큰 굿이나 벌인 것처럼 경쇠 소리, 바라 소리, 징 소리가 일제히 울리는 듯했다. 노달이 보니 정 백정은 땅바닥에 척 늘어진 채 날숨만 있고 들숨은 없이 꼼짝을 못하고 있다.(제3회)

한번 혼찌검을 내준다는 것이 분김에 그만 주먹 세 대로 진관서를 죽게 만든 것이다. 의도치 않게 사람을 죽였지만 결국 생면부지의 고통받는 약자를 돕고 금권으로 갑질 사기극을 벌인 악인을 응징하기 위해 자신의 전부나 마찬가지인 군인 신분까지 걸었던 셈이다.

사건 이후 노지심은 하는 수 없이 도주하여 오대산五臺山 고찰 문수원文殊院의 지진장로智眞長老 아래서 머리를 깎고 잠시 중 신분으로 지낸다. 이때 지진장로에게서 받은 법명이 바로 불법佛法이 넓고 크다는 뜻의 지심智深이다. 그가 화화상이라 불리는 것도 이런 이력과 관련되어 있음은 물론이다. 이즈음부터 민머리에 구레나룻, 검정 무명 장삼에 계도戒刀와 선장禪杖을 지닌 모습이 그의 트레이드마크가 된다. 특히 62근이나 나가는 쇠 선장을 등잔 심지 꼬듯 자유자재로 놀리고 휘두르며 활약하는 모습은 그의 전매특허가 되어 짙은 인상을 남긴다.

한편 명색이 승려가 되기는 하였으나 본디 술과 고기를 늘 달고 살고 무엇에도 거리낌이 없던 그는 불가의 계율을 따르기는커녕 걸핏하면 절간을 난장판으로 만드는 사고뭉치인지라 지진장로도 끝내 어쩌지 못하고 그를 타일러 동경의 대상국사大相國寺로 떠나보낸다.

대상국사에 온 노지심은 채마밭지기 집사승을 맡게 된다. 그러던 중 인연을 맺은 임충을 죽음의 위기에서 구해주고 그의 유배길에 동행하며 끝까지 신변을 지켜준다. 임충을 구해준 일로 인해 고구를 거슬러 자신도 위험에 빠지자 이제는 중노릇조차 할 수 없게 되어 도주하여 강호를 떠돌다 양지와 함께 청주靑州 이룡산二龍山 산채를 차지하고 녹림객이 된다. 임충에 대한 의리로 그를 돕다가 권력자와 대립하게 되면서 끝내 녹림객으로 전락한 것이다. 양산박 합류 이후에도 의로운 일을 행하려다 옥에 갇힌 지인 사진史進을 구하기 위해 위험을 무릅쓰고 홀로 발 벗고 나섰다가 붙잡혀 사형수 신세가 되기도 한다. 비록 구출되기는 하지만 역시 타인을 돕고 구하기 위해 자신의 안위를 돌보지 않는 그의 의협심이 거듭 드러나는 대목이다.

노지심은 후에 이룡산 패를 이끌고 양산박 세력에 합류하여 두령으로 활동하게 되는데, 초안 이후로는 이렇다 할 만한 두드러진 활약을 보여주지 못하는 경향이 있다. 이는 그가 어디에도 구속되지 않으려는 본성으로 인해 초안에 불만을 품었던 것과 일정한 관련이 있다고 할 것이다. 마지막 방랍 세력 정벌에서는 방랍을 선장으로 후려쳐 사로잡는 대공을 세우기도 하지만, 그 후 얼마 지나지 않아 그는 홀연 깨달음을 얻고 입적한다.

노지심은 우악스러운 이미지와는 대조적으로 훗날 잘못을 깨달아 속세와 인연을 끊고 도를 닦을 본바탕이 있는 인물로 그려진다.

그리고 그것은 나중에 결국 현실화된다. 너무나 대조적인 두 모습은 언뜻 어울리지 않는 느낌을 주기도 한다. 그러나 생각해보면 본바탕이 순수하고 자유로운 영혼인 그에게 있을 법한 결말이기도 하다. 본래부터 혈혈단신이었고 후에도 사심 없는 정의의 사도로서 강호를 누비다가 다시 홀로 자신만의 길을 떠나는 그의 행적을 따져보면 쓸쓸한 느낌을 주는 천고성天孤星이라는 그의 별 이름도 크게 부자연스럽게 다가오지 않는다. 그는 끝내 떠나가지만 우악스럽고 투박한 이미지에도 불구하고 108인 가운데 시종일관 정의로운 모습을 잃지 않는 거의 유일한 존재라는 점에서 말 그대로 진정한 영웅에 가장 가까운 인물로 꼽을 만하다.

치밀한 복수의 화신 무송

무송은 산동 청하현淸河縣의 평민 가정 출신이다. 유난히 왜소하고 외모가 추한 데다 나약한 친형 무대랑武大郎이 하는 증편 장사에 의지해 살아가던 인물이다. 형과는 대조적으로 그는 떡 벌어진 가슴, 장대하고 늠름한 풍채에 짙고 긴 눈썹과 형형한 눈을 가졌다. 힘은 또 장사여서 큼지막한 바위를 공깃돌 놀리듯 할 정도로 초인적인 에너지를 과시했다.

　무송은 강직하고 의기 있는 호남아였다. 남의 억울한 일에는 당장이라도 발 벗고 나서고, 악한 자를 보면 가만있지 못해 반드시 응징하고야 마는 성미였다. 그 역시 다혈질에 술고래여서 술만 취하면

성질을 주체 못 하고 주먹을 휘두르는 버릇이 있지만, 평상시에는 겸손하고 덕스러운 면모를 보인다. 종종 행동이 과격해진다 해도 경거망동하지는 않는데, 이는 그가 용맹하면서도 주도면밀한 인물인 까닭이다.

무송은 송강이 염파석을 살해하고 시진柴進의 장원으로 피신하였을 때 처음 등장한다. 고향에서 취중에 폭행 사건을 저지르고 그곳에 와서 1년 남짓 은신 중이었던 것이다. 그의 첫인상은 어딘가 병약하고 정서적으로도 불안정해 보인다. 학질에 걸려 오한에 떨며 술만 마시면 주사를 부리는 등, 피폐하고 보잘것없는 모습으로 등장하기 때문이다. 그러나 그의 호걸다운 진면목을 알아본 송강을 만나 여러모로 보살핌을 받고 의형제까지 맺게 되면서 스스로를 재발견하여 차츰 영웅적 인물로 변모해나간다.

다시 형을 찾아가겠다며 송강과 작별하고 고향으로 돌아가는 길에서부터 그의 첫 활약상이 시작된다. 경양강景陽岡이라는 산속에서 홀로 호랑이를 때려잡는 사건이 바로 그것이다.

모진 바람이 지나가자 잡관목 뒤에서 휙 소리가 나더니 난데없이 눈이 치째지고 이마빼기가 허연 큰 호랑이가 껑충 뛰어나온다.

"이크!"

무송은 그 호랑이를 보고 놀라 소리를 지르며 검바위에서 몸을 굴려 뛰어내려 몽치를 집어들고 한쪽 옆으로 몸을 비켜섰다.

호랑이는 주리기도 하고 목도 말랐던지라 두 앞발로 사뿐 땅바닥을 짚더니 나는 듯이 허공에 뛰어올랐다가 덮쳐든다. 무송은 하도 놀라 먹은 술이 다 식은땀으로 흘러나왔다. 그야말로 아슬아슬한 순간이었다. 호랑이가 덮치자 무송은 몸을 날려 얼핏 그 등 뒤로 피했다. 호랑이가 제일 싫어하는 것은 사람이 뒤에 있는 것인지라 그놈은 앞발로 바닥을 짚고 궁둥이를 쳐들며 뒷발질을 한다. 무송은 또 날쌔게 한옆으로 피했다. 뒷발질을 했어도 그를 차지 못하자 호랑이는 '어훙' 소리를 지르는데 마치도 반공에서 울리는 뇌성같이 산골짜기를 드렁드렁 울렸다. 그러자 이번에는 꼬리를 쇠몽치처럼 빳빳이 세워가지고 휙 후려친다. 무송은 또 한 번 몸을 피했다. 본시 호랑이란 놈이 사람을 해칠 때는 한 번은 덮치고 한 번은 차고 또 한 번은 후려치는 법인데, 그 세 가지로 다 안 됐을 때는 풀이 절반쯤은 꺾이게 된다. 그런데 이놈은 또다시 꼬리로 후려쳤다. 이번에도 제대로 갈기지 못한 그놈은 재차 '어훙' 소리를 지르면서 휙 돌아선다. 호랑이와 마주서게 된 무송은 몽치를 두 손으로 쳐들었다가 있는 힘을 다해서 한 대 내리갈겼다. 와지끈 하는 소리와 함께 나뭇가지와 잎새들이 우수수 떨어졌다. 눈을 크게 뜨고 본즉 엉겁결에 내리친다는 것이 호랑이는 맞히지 못하고 마른 나무를 후려갈겨 손에 든 몽치가 두 토막이 나서 절반은 날아가고 절반만 손에 남았다.

호랑이가 연해 소리를 지르며 재차 덮치니 무송은 이번에도 몸을 날려서 10여 보 밖으로 나섰다. 호랑이가 다시 덮쳐와 그놈의 앞발이 발부리 앞을 짚을 때 무송은 동강이 난 몽치를 내던지고 두 손으로 호랑이

그림 4-8 무송이 경양강에서 호랑이를 때려잡는 장면.(『이탁오비평』)

의 대가리를 움켜쥐고 내리눌렀다. 호랑이는 용을 쓸 대로 썼으나 무송이 있는 힘껏 내리눌러서 빠져나갈 수 없었다. 무송은 손으로 내리누르는 한편 발길로 호랑이의 이마빼기와 눈통을 연신 걷어찼다. 호랑이가 울부짖으며 앞발로 긁어 치는 바람에 땅에는 구덩이가 생겼다. 이때라고 생각한 무송은 호랑이의 주둥이를 그 구덩이에 눌러 박았다. 호랑이는 무송한테 눌려서 맥이 어지간히 빠졌다. 무송은 왼손으로 호랑이의 정수리를 움켜쥐고 단단히 누르며 오른손을 빼어 쇠망치 같은 주먹으로 있는 힘을 다해서 마구 내리쳤다. 6, 70번이나 내리치자 호랑이는 눈코며 입과 귀로 피가 터져나왔다. 무송은 평생의 위력과 있는 무예를 다 써서 잠시간에 호랑이를 때려눕혔는데 마치 큰 비단 부대를 엎어놓은 것 같았다.(제23회)

너무나 유명한 이 '무송타호武松打虎' 이야기는 무송이라는 인물을 깊이 각인시켜주는 대목일 뿐 아니라 『수호전』의 대표적인 명장면 중 하나이기도 하다. 만취한 채 한밤중에 험준한 산속에서 맨손으로 맹호를 때려잡는 장면은 무송의 용맹함을 보여주기도 하지만, 그 과정을 생동하면서도 섬세하게 묘사한 필치가 압권인 까닭이다.

한편 예로부터 호랑이는 산신으로 숭배되었지만 인명을 해치는 두려움의 대상이기도 했다. 무송이 때려잡은 호랑이도 이미 수십 명의 인명을 해쳐 일대 백성들의 큰 우환거리였던 것으로 묘사된다. 관가의 명을 받은 사냥꾼들조차 속수무책으로 당해오던 터에 혼자

맨주먹으로 백성들의 우환과 원한을 해결해준 것으로 그려지고 있는 것이다.

이 일로 그 고을에서 일약 영웅이 된 무송은 덕분에 포도대장 격인 보병 도두都頭로 발탁된다. 금의환향한 그는 고향 집과 옆 고을인 근무지를 오가며 지내게 된다. 그러던 중 형수 반금련潘金蓮과 졸부 서문경西門慶이 간통하면서 형이 억울하게 독살당하는 사건이 벌어진다. 뒤늦게 이를 알게 된 그는 관아에 고발을 하지만, 서문경과 연줄이 있고 그 뇌물을 먹은 관원과 이속들로 인해 사건은 기각되고 만다. 울분과 복수심이 사무치게 된 무송은 스스로 나서 반금련과 서문경을 잔혹하게 살해하여 원한을 푼다. 그 전후 과정에는 그의 주도면밀한 면모가 잘 드러나고 있기도 하다. 사건 후 그는 바로 자수하여 결국 2000리 밖 맹주孟州 유형소로 귀양을 가게 된다.

맹주에서는 유형소 교도관의 아들 시은施恩과 의형제를 맺게 되면서 시은과 원수지간인 무뢰배 장문신將門神을 제압해 대신 복수를 해준다. 그러나 장문신이 앙갚음을 위해 연줄과 뇌물을 써서 맹주의 군 수뇌, 유형소 책임자 등과 결탁한 간계에 빠져 도둑 누명을 쓰고 결국 죽음의 위기에 몰린다. 상황이 이렇게까지 되자 또다시 울화와 복수심이 치솟아 장문신을 비롯한 관련자와 주변인을 모조리 도륙하여 원수를 갚는다.

그 후 도피생활을 하면서부터는 신분 은닉을 위해 행각승 차림을 한다. 검정 장삼에 머리는 풀어헤친 채 철 계고戒箍를 쓰고 목에는 염주 목걸이를 걸고 두 자루의 계도를 찬 차림새는 이후 무송의 트레이드마크가 되며, 그로 인해 '행자行者'라는 별명을 얻게 되기도 한다. 이런 차림으로 변장을 한 그는 노지심과 양지가 차지하고 있던 이룡산으로 도피하여 그들 무리에 가담하고, 이후 그들과 더불어 양산박에 합류하여 역시 주요 두령으로 활동한다.

노지심과 마찬가지로 양산박 가담 이후 그의 개별적 활약은 크게 두드러지지 않는다. 마지막 방랍 정벌 과정에서는 왼팔을 잃고 뒤이어 노지심이 입적한 항주杭州 육화사六和寺에 남아 출가하는 것이 그의 마지막 모습이다.

그의 처음은 초라하고 끝은 허무하지만, 영웅적 인물로의 변모 과정이 일련의 인상적인 사건들과 더불어 잘 묘사된 전형적인 예로 꼽을 만하다. 부러질지언정 굽히지 않는 강직함과 강한 자의식을 지닌 그는 『수호전』을 대표하는 열혈남아이자 복수의 아이콘이라 할 수 있다. 원한이 사무치면 잔혹한 복수를 감행하는 것이나 결국 한쪽 팔을 잃게 되는 그의 이미지는 천상성天傷星이라는 그의 별 이름에도 잘 나타나 있다. 노지심보다 치밀하지만 끝까지 순수함을 잃지 않는 노지심에 비해 무송은 다소 세속적인 면모를 보이기도 한다.

오용과 공손승

세력화된 이후의 양산박 집단은 도적의 무리이자 무장 군사 조직이기도 하다. 여기서 최고위 참모로서 군사전략을 담당하는 인물이 오용과 공손승이다. 이들은 각각 군사軍師와 부군사 역할을 하며 서열로도 송강과 노준의에 이어 세 번째와 네 번째 자리를 차지한다.

오용이 『삼국지』의 제갈량과 비슷한 지략가형 인물이라면, 도사인 공손승은 마법사 같은 존재이다. 비슷한 위치에 있으면서도 서로 다른 캐릭터와 능력으로 상호보완적인 역할을 하고 있는 셈이다. 우리가 흔히 생각하는 영웅적인 인물로서 깊은 인상을 준다고 하기는 어려울 수도 있지만, 양산박 세력에서 차지하는 그들의 중요한 지위와 역할로 볼 때 대표적인 인물로 꼽기에 무리가 없다.

양산박의 브레인 오용

오용은 송강, 조개 등과 마찬가지로 산동 운성현 토박이로서 한미한 지식인 출신이다. 흰 얼굴에 미목이 청수하고 수염을 길게 길렀으며, 둥그런 두건을 눈썹까지 눌러쓰고 검은 테두리를 두른 넓은 베 적삼을 입은 전형적인 송대 문사의 차림으로 등장한다. 원래는 고향 마을에 파묻혀 부잣집 훈장 일로 살아가는 향반이자 잠룡 같은 존재로 그려진다. 학구學究라는 그의 자字에는 풍자적인 뉘앙스가 배

어 있기도 하지만, 지식인으로서 그의 신분과 정체성이 그대로 드러
난다.

시골 선비 출신이지만 그는 가히 무불통지의 학식을 지녔고, 지략
이 탁월하며 도략에도 능통한 인물이다. 뛰어난 지략가로서 그의 특
징은 지다성智多星이라는 별명에서도 잘 나타난다. 그는 냉정하고
경거망동하지 않으며 언행에 법도가 있다. 화술도 뛰어나 종종 스스
로 '세 치 혀'의 힘을 자부하기도 한다. 결정적인 순간에 다른 이들
이 생각지 못한 묘한 계책을 제시할 때면 천천히 두 손가락을 겹쳐
내밀며 입을 열곤 하는데, 자신감과 여유를 드러내는 이 특유의 동
작은 그의 캐릭터를 대표하는 상징적 제스처이다.

그의 도호道號는 가량선생加亮先生이다. 제갈량을 능가할 만한 인
물이라는 의미이다. 여기에도 다소 풍자적 뉘앙스가 배어 있음을 부
정하기 어렵지만, 그의 능력이나 외모, 언행에는 다분히 제갈량과 닮
은 구석이 있다. 양산박 가담 후 흰 깃털로 엮은 우선羽扇을 들고 제
갈건諸葛巾이라고도 불리는 검은 윤건綸巾을 약간 젖힌 듯 쓰고 검은
선을 두른 흰 도포를 입은 그의 차림새부터가 제갈량의 이미지를 연
상케 하기에 충분하다. 다만 그는 제갈량처럼 신비막측한 초인적 면
모를 보이지는 않는다.

양산박이 무장 세력으로서 체계를 구축하고 다양한 활약을 벌인
것은 사실상 거의 그의 지략에서 비롯되었다고 해도 과언이 아니다.
양산박에 가담하기 이전에 죽마고우인 조개와 더불어 벌인 생신 예

물 탈취 사건도 그의 작전에 따라 이루어지며, 이후 체포망이 좁혀지자 양산박행을 주도한 것도 바로 그였다. 오용의 활약은 양산박 가담 이후에도 줄기차게 이어진다. 처음 양산박에 올랐을 때 왕륜의 도량이 협소함을 예리하게 간파하고 진즉 여기에 불만을 품고 있던 임충을 가만히 부추겨 왕륜을 제거하게 만드는 것 역시 그이다. 이로써 새로이 조개 체제를 구축하고 양산박 조직의 기본 청사진을 만든 실세가 바로 오용이다.

양산박 체제의 기초를 다진 것이 그의 정치가적 면모를 보여준다면, 이후 수많은 군사적 행동의 전략 수립은 그의 군사 전략가로서의 능력을 보여준다. 그는 정확한 사세 판단으로 상황에 최적화된 전략을 제시하여 최선의 결과를 이루어내곤 한다. 들썩들썩한 명절 정월 대보름에 대명부大名府에 침투하여 옥에 갇힌 노준의를 구출하고 설원하는 대작전은 그 대표적인 작품으로 꼽을 만하다. 이 작전은 양산박 세력의 활약이 가장 정채롭고 흥미진진하게 묘사되는 명장면이기도 하다. 동관이 이끈 대규모 관군을 보기 좋게 물리치는 십면매복十面埋伏 계책이나, 막강한 10로 절도사를 거느리고 총출동한 고구의 최대 규모 토벌군을 보기 좋게 대파하고 고구를 사로잡기까지 하는 것도 그의 신묘한 지모에 힘입은 것이다.

제갈량 없는 유비와 촉한을 상상하기 어렵듯이, 리더 송강과 양산박에 있어서 그는 없어서는 안 될 역할을 하는 존재이다. 그는 양산박의 브레인으로서 늘 송강을 보좌하고 그 부족함을 보완해주며,

그림 4-9 큰 잘못이 없는 축가장을 초토화하기 위해 연환계를 내놓는 양산박의 브레인 오용.(『이탁오비평』)

쉽게 불안과 근심, 슬픔에 휩싸이는 송강을 위안하고 다잡아주기도 한다. 때로는 차가움과 비정함이 느껴질 만큼 그는 위기 상황에서도 냉정함과 침착함을 잃지 않고 양산박 집단의 중심을 잡아준다. 주로 책사 역할을 하지만 중요한 순간 직접 나서 변장까지 해가며 태연하게 연기를 해낼 수 있는 것도 단지 화술만이 아니라 그런 냉철함을 지녔기 때문이리라. 덮어놓고 초안을 주장하는 송강의 방향성에 대해 미온적 태도를 보이고 요나라 정벌에 나서서는 요에 투항할 것을 제안하기도 할 만큼 현실적인 그이지만, 자신과 생각이 다른 '주군' 송강을 끝까지 따르고 섬기며 최후를 함께하는 '충신'으로 남는다.

　그런가 하면 역시 눈에 띄게 드러나지 않는 경향은 있지만, 그가 제시하는 아이디어나 구사하는 전략에는 이따금 간교하고 음험한 계책들도 적지 않다. 그런 점에서 송강처럼 다소 겉과 속이 다른 모략가적인 면모가 엿보이기도 한다. 이런 부정적 측면과 더불어 중국어 발음상 '무용無用하다'는 의미로도 들릴 수 있는 그의 이름(무용無用과 오용吳用의 중국어 발음은 wúyòng으로 같다)에는 지식인에 대한 민중의 곱지 않은 시선, 그리고 소설의 문인화 과정에서 스며든 아이러니가 착종된 면도 없지 않다. 그럼에도 불구하고 오용은 양산박 두령들 가운데 드문 지식인 출신으로서 그들의 세력 형성과 활약상에 누구도 대신하기 어려운 지대한 공을 세우는 존재로 그려지고 있다는 점만큼은 부정할 수 없을 것이다.

양산박의 마법사 공손승

공손승은 성이 공손, 이름이 승이며, 도호는 일청선생一淸先生이다. 지금의 베이징 부근이자 북송 시기 요나라 경내였던 계주薊州 출신인 것으로 그려진다. 처음부터 도사 신분으로 등장하는 그는 8척 장신에 당당한 풍모를 지닌 인물이다. 팔자 눈썹에 살구씨 같은 눈, 네모진 입에 채 좋은 구레나룻을 길렀다. 도포 차림에 등에는 동검을 메고 부채나 총채를 들고 다닌다.

  그는 천하에 이름난 도인인 계주 이선산二仙山 나진인羅眞人의 수제자이다. 그로부터 바람이 불고 비가 오게 하는 호풍환우呼風喚雨의 도술을 배워 구름을 타고 안개를 몰기도 하므로 강호에서는 그를 입운룡入雲龍이라고도 부른다. 도사로서의 신비감이나 탈속적 성향

탓인지 그의 됨됨이가 어떠한지는 잘 드러나지 않는 편이다. 하지만 송강에게 끝까지 충성을 다하는 오용과는 달리 그는 오히려 자신을 아끼는 스승 나진인에게 더 복종하는 경향이 있고 홀어머니를 늘 걱정하는 효심을 보여주곤 한다.

공손승의 첫 등장은 조개 등이 생신 예물 탈취를 모의 중일 때 갑자기 찾아와 7인조 작전의 일원이 되는 것으로 묘사된다. 도사 신분으로서는 다소 의외의 모습으로 등장하는 셈이다. 양산박에 오른 이후로는 신비한 도술을 지닌 특별한 존재인 덕분에 부군사로 활약한다. 오용이 늘 송강의 곁을 지키며 실질적인 참모 역할을 한다면, 그는 언제나 한 발짝 이상 떨어져 있는 듯한 인상을 주며 참모로서의 활약상은 크게 두드러지지 않는다. 그러나 양산박 세력이 불가항력의 상황에 직면했을 때 비로소 그의 법술이 위력을 발휘해 위기를 모면하게 된다.

그가 나설 때는 등에 메고 있던 소나무 무늬를 새긴 검을 뽑아들거나 총채를 흔들며 입속으로 주문을 외다가 큰 소리로 "자!" 하고 외친다. 그러면 순식간에 광풍이 휘몰아치거나 불바다가 만들어지는가 하면 신이한 존재들이 나타나 적진을 휩쓸며 무력화시키곤 한다. 그의 이런 초현실적인 힘이 필요한 것은 상대 세력에도 종종 요술을 구사하는 만만치 않은 존재들이 등장하기 때문이다. 그의 법술은 생신 선물 탈취 사건 이후 도주 과정에서부터 보이기는 하지만, 제대로 선보이기 시작한 것은 고구의 사촌동생 고렴高廉을 물리

그림 4-10 공손승이 법술을 쓰는 장면. 망탕산에서 혼세마왕 번서를 제압하고 있다.(『이탁오비평』)

치는 대목에서다. 고렴이 강력한 도술로 양산박 세력에 연이은 타격을 입힌 상황에서 나진인으로부터 극강의 법술을 전수받고 뒤늦게 합류한 공손승이 고렴을 물리친다. 후에 그는 막강한 상대인 요나라 정벌 과정에서 가장 혁혁한 공을 세운다. 물론 뒤이은 전호, 왕경 정벌 과정에서도 적의 요술로 인해 큰 어려움에 봉착할 때마다 공손승은 각종 법술로 대응하며 적을 제압하는 활약을 펼친다. 왕경 반란 진압 후에는 물러나 모친을 모시며 수도에 전념하겠다는 선약에 따라 송강의 무리를 떠나게 된다. 공손승은 108인 가운데 처음으로 무리를 이탈하는 인물이기도 한데, 그의 떠남은 이후 양산박 세력의 비극적 결말을 예고하는 하나의 전조가 된다.

공손승은 『수호전』에 판타지적 요소를 가미해주는 존재이다. 오용이 제갈량을 닮았으면서도 신비막측한 면은 없다면, 공손승은 그런 면을 담당하되 한 단계 더 나아간 모습을 보여준다. 그를 통해 등장하는 나진인은 노지심의 스승 지진장로와 대칭을 이루며 작품에 도교적인 색채를 입혀주고 있기도 하다.

한편 도교와도 음양으로 얽혀 있으면서 당·송시대 이래 민간에 널리 유행한 요술신앙이 자연스럽게 이야기 소재로 편입되면서 공손승이란 마법사의 활약상을 낳게 된 것으로 보인다. 이는 끊임없이 이어지는 전투 묘사에서 단조로움을 피하고 스펙터클한 변화를 주기 위한 서사적 필요성과도 부합되었을 것이다. 절망적인 고비 때마다 그것을 돌파해내는 신기한 마법의 힘은 전통 시기 독자나 관중들의 관심과 기호를 반영하고 그들의 상상력을 자극하면서 이야기의 재미를 더해주는 역할을 해왔다고 할 것이다.

대종과 연청

『수호전』에는 각양각색의 재주를 지닌 인물들이 즐비하다. 그 가운데 독특한 능력을 지닌 대표적인 인물로 대종과 연청을 꼽을 만하다. 두 인물은 캐릭터는 다르지만 작품 속에서 종종 첩보원 같은 역할을 담당하며 때로는 함께 중요 임무를 수행하기도 한다는 공통점이 있다. 다른 인물들에게는 없는 특유의 재능을 발휘하며 이야기에 다채로움과 묘미를 더해주는 매력적인 존재들을 만나본다.

초고속 정보참모 대종

대종은 너부죽한 얼굴에 튀어나온 눈과 네모진 입술을 가진 후리후리하고 멀끔한 인물이다. 그는 강주 유형소 압뢰押牢 절급節級의 신분으로 처음 등장한다. 압뢰 절급은 군인으로 치면 하사 정도에 해당하는 교도관으로, 지위로는 역시 아전급에 속한다. 송강이 강주에 유배되었을 때 대종의 절친인 오용이 연줄을 놔주면서 서로 인연을 맺게 된다. 죄수들에게 상납금을 갈취하는 데에 이골이 난 대종의 첫 모습은 다소 부정적인 인상을 주기도 하지만, 강호에서는 의리를 중히 여기고 재물을 아끼지 않는 호한으로서 명성을 지닌 것으로 묘사된다.

대종이 인상적인 인물로 기억에 남는 것은 무엇보다 그가 하루에

800리를 가는 도술을 지녔기 때문이다. 급한 군사 정보를 전할 때 다리에 부스터 기능을 하는 부적인 갑마甲馬 두 장을 붙이고 주문을 외워 이른바 신행법神行法을 쓰면 하루에 500리를 달리고, 갑마 넉 장을 붙이면 800리를 갈 수 있는 놀라운 능력이다. 500~800리면 대략 200~300킬로미터 이상이니 마음만 먹으면 두 발로 하루 만에 서울에서 대구 정도의 거리는 거뜬히 주파할 수 있는 축지법의 명수인 것이다. 재미난 것은 갑마를 사용하면 동행자도 신행법을 쓸 수 있다는 점이다.

귓가에서는 비바람 소리가 나고 양옆의 집과 나무들은 연이어 넘어지는 것 같은 데다 발밑에서는 구름이 소용돌이치고 안개가 날리는 것 같았다. 이규는 더럭 겁이 나서 몇 번이나 멈춰 서려고 하였으나 도저히 다리를 멈출 수 없었다. 마치 누가 떠미는 것 같아 발이 땅에 닿을 사이도 없이 내처 걷게만 되었다. (제53회)

양산박 무리가 고당주의 옥에 갇힌 시진을 구출하려다 연패를 당하자 잠시 고향에 돌아간 공손승을 서둘러 불러오기 위해 대종을 급파한다. 이때 철없이 따라나선 대종의 수하 옥졸인 이규가 난생처음 겪는 신행법에 대한 묘사가 흥미롭다.

이런 주특기로 인해 대종은 신행태보神行太保라는 별명을 지녔고, 그의 별 이름도 천속성天速星이다. 누구도 따를 수 없는 빠른 발을 지녔기에 그는 양산박 집단에서 먼 곳에 중요한 소식을 급히 전하거나 정보를 탐지해오는 등의 임무를 도맡는다. 말하자면 정보참모 같은 역할을 하는 셈이다. 그렇다 보니 갑자기 급하게 먼 거리를 이동하여 정탐을 해야 한다거나 정보를 전할 상황이 생기면 독자들은 으레 대종의 등장을 예상하게 된다. 초안 후에도 대종은 송강이 이끄는 군 내에서 기밀을 탐지하거나 전하고, 부대 사이를 오가며 군사들의 배치나 이동에 관한 일을 전담한다. 대종은 그 첫인상과는 달리 양산박 가담 이후로는 늘 어김없이 자신의 임무를 성공적으로 완수하는 믿음직한 존재로 활약을 이어간다. 그가 신행법 도술을 쓸 때는 비린 것을 먹지 않고 소식素食을 해야 하는 것으로 묘사되는데, 도교적 이미지가 풍기는 이런 모습은 훗날 도교에 귀의하는 그의 후일담과도 연결되는 면이 있다.

고속 이동 및 통신 수단이 고도로 발달한 오늘날의 눈으로 보자면 그의 신행법도 놀라울 것이 못 되지만, 전통 시기 독자들에게 시공간을 크게 줄이는 대종의 활약은 흥미로운 상상과 재미를 가져다주기에 충분했을 것이다. 이야기의 배경인 송대나 소설화되어 인기를 끈 명대에나 중국은 각종 문화와 산업이 당시 세계 어느 나라 못지않게 발전해 있었으나, 광대한 영토를 가진 중국인들에게 가장 아쉬운 것 가운데 하나가 이동 및 통신 속도의 한계였을 것이다. 대종이란 캐릭터의 설정은 양산박 세력의 활약을 그럴듯하게 묘사하기 위한 서사적 필요성에 따른 것이었음은 물론이고, 더 나아가 전통 시기 민중들의 속도에 대한 상상과 이상을 투영한 것이었다고 볼 수 있다.

만능 풍류남아 연청

연청은 송대의 북경인 한단(대명부大名府)의 토박이 출신이다. 어려서 양친을 잃고 노준의의 집에서 하인으로 자라면서 그의 둘도 없는 심복이 된다. 그는 옥처럼 맑은 얼굴에 칠흑 같은 눈동자와 붉은 입술, 늘씬한 허리와 다부진 어깨를 가진 20대 중반의 청년이다. 살결은 눈같이 흰데 옥기둥에 연한 비취를 박은 듯 꽃무늬 타투로 한층 멋을 더했다. 거친 사나이들의 이야기 속에서 그는 보기 드문 꽃미남인 것이다.

외모만 수려한 것이 아니라 춤과 노래는 물론 각종 악기에도 능하고, 글자풀이며 끝말잇기, 각지 사투리와 장사치들의 은어에 이르기까지 못하는 게 없다. 또 총명이 과인하고 눈치가 빨라 하나를 배우면 열을 통하며 임기응변에 뛰어나다. 게다가 석궁의 명수이자 사냥의 고수이며, 거구가 아님에도 불구하고 씨름의 귀재이기도 하다.

이때 수많은 사람들이 왁작 떠들어댔다. 분향하러 온 수만 명 되는 구경꾼들은 양켠에 빼곡히 들어섰고 정전에 붙여 지은 바깥채 지붕 위에까지 꽉 들어찼다.

......

패찰을 든 주관은 양측에 당부를 마치고는 소리쳤다.

"시~작!"

씨름이 붙자 둘이 서로 노려보며 왔다갔다하는데 둘 다 날렵하게 몸을 쓰니 별똥이 떨어지는 듯하고 번개가 치는 듯하였다. 연청은 오른쪽에 쭈그린 자세를 취하고 임원은 왼쪽에 엉거주춤 버티고 섰는데 연청은 까딱도 하지 않는다. 처음에는 각기 연무대를 절반씩 차지하고 한복판에서 맞섰는데 연청이 꿈쩍도 하지 않으므로 임원이 그의 오른쪽으로 다가들었다. 그래도 연청은 까딱 않고 그의 아랫도리만 노려볼 뿐이다.

'이놈이 필시 나의 아래쪽을 노리는 모양이군. 내가 손 하나 안 쓰고 네놈을 한 방에 걸어차서 대 아래로 내동댕이쳐주마.'

임원은 속으로 벼르며 슬슬 다가들다가 왼발로 헛다리질을 하여 일부러 빈 구석을 보이면서 달려들었다. 이에 연청은 "오기만 해봐라!" 하고 버럭 소리를 지르면서 덮쳐드는 임원의 왼쪽 겨드랑이 사이로 빠져나갔다. 성이 잔뜩 치민 임원은 몸을 휙 돌려 또 연청을 붙잡으려 하였으나 연청이 펄쩍 뛰어 그의 오른쪽 겨드랑이 사이로 빠져나가는 바람에 또 놓쳤다. 그 덩치는 아무래도 몸 돌림이 빠르진 못한지라 세 번이나 돌고 나니 그만 걸음새가 어지러워졌다. 연청은 이 틈을 놓칠세라 와락 달려들어 오른손으로 그의 몸을 틀어잡고 왼손으로는 사타구니를 거머쥐고는 어깨로 그의 가슴을 떠받으며 건뜻 들어올렸다. 임원의 몸무게가 머리 쪽으로 쏠리자 연청이 힘을 역이용해 그를 네댓 바퀴 빙빙 돌리며 가장자리로 몰다가 "잘 가라!" 하고 소리치며 내던지자 대 아래로 곤두박

그림 4-11 거구가 아닌데도 씨름의 귀재인 연청이 씨름판에서 경천주 임원을 가볍게 이기는 장면.(『수호전전』)

혔다. 이런 씨름 수를 일컬어 '비둘기 맴돌이'라 한다. 수만의 관중은 일제히 갈채를 보냈다.(제74회)

연청이 태원부太原府의 이름난 씨름꾼인 10척 거구 경천주擎天柱 임원任原을 보기 좋게 제압하는 장면이다. 다윗과 골리앗의 싸움에 비길 만한 이 대목은 연청의 민첩한 씨름 실력과 그의 패기를 잘 드러내면서 멋진 장면을 연출한다. 고구가 양산박에 사로잡혔을 때도 연청은 자신의 씨름 실력을 떠벌리는 고구를 상대하여 대번에 고꾸라뜨리는 통쾌한 장면을 선사하기도 한다. 이렇다 보니 천하의 이규도 연청 앞에서는 꼼짝 못하고 고분고분해진다.

그 능력의 끝은 어디인가 싶을 만큼 연청은 108인 가운데 가장 다재다능한 인물이다. 별명은 의외로 탕아란 뜻을 지닌 낭자浪子이다. 대개 무시무시하거나 멋진 별명을 가진 다른 인물들과는 사뭇 다른 닉네임을 가진 것이다. 그러나 별명이 지닌 표면적인 의미와는 달리 그는 여러 면에서 긍정적인 이미지의 풍류남아로 형상화되어 있다. 천교성天巧星이라는 그의 별 이름에서 오히려 멋진 재주꾼인 그의 특징이 더 잘 드러나는 편이다.

노준의와 함께 늦게 등장하는 관계로 그의 양산박 가담 역시 뒤늦게 이루어진다. 하지만 식견이 넓고 민첩하며 처신이 밝은 데다 뛰어난 외모와 다양한 재주를 가진 그는 양산박의 첩보원 같은 역할을 하며 충분히 자기 몫 이상을 발휘한다. 특히 그는 송강이 그토록 바

그림 4-12 연청이 달밤에 휘종 황제를 만나 초무를 간청하고 있다. 황제가 총애하는 이사사의 마음을 사로잡은 미남이었다.(『이탁오비평』)

라던 초안을 성사시키는 데 결정적인 공을 세운다. 황제가 총애하는 명기 이사사에게 접근해 마음을 사로잡음으로써 황제와의 만남을 이뤄내고 황제의 마음까지 움직여 결국 초안을 성사시키는 인물이 바로 연청인 것이다. 초안 후에도 송강의 군대에서 중군을 호위하면서 군사 기밀을 맡아 처리하는 역할을 충실히 수행한다. 워낙 지혜로운 인물인 연청은 훗날 방랍 정벌 후 공명을 뒤로하고 유유자적하는 삶을 찾아 홀연히 자취를 감춘다.

　연청은 소설 속에 캐릭터의 다양성을 더해줌과 동시에 이야기의 결정적인 전환점인 초무 성사를 위해 특별히 설정된 인물이라 할 수 있다. 간신들이 걸림돌이 되는 상황에서 황제에게 양산박 무리의

'진정성'을 직접 어필해 인정받는다는 이야기가 만들어지기 위해서는 풍류라는 공통의 코드로 이사사와의 교감을 통해 다리를 놔줄 인물이 필요했던 것이다. 그리고 연청은 그 역할을 멋지게 소화해 낸다. 덕분에 황제와 조정이 희화되는 일거양득의 효과를 거두기도 한다. 연청은 천강성 대두령들 가운데 서열로는 말석에 있지만 특색 있고 매력적인 캐릭터로, 서열 2위이자 그의 주인인 노준의보다도 성공적으로 그려진 인물로 평가된다.

화영과 장청

화영과 장청은 모두 무관 출신으로, 후에 양산박군 내에서 마군 장수로 활약하는 인물들이다. 기마군으로서의 기동성과 더불어 이들은 각기 빠르고 정확한 중장거리 공격 무기를 다루는 출중한 능력으로 인상을 남긴다. 108인 가운데 드물게 반려자와 함께하는 '정상적인' 부부로 그려지는 것도 하나의 작은 공통점이다.

활쏘기의 명장 화영

화영은 산동 청주青州의 한 요새인 청풍채靑風寨 무관 지채知寨로 등장한다. 청풍채의 군사 책임자인 하급 무관 신분으로 나오는 것이다. 무관으로서 신분이 높지는 않으나 장군 가문의 후예이자 공신功臣의 아들인 것으로 그려진다. 무능하고 부패한 관료로 묘사되는 청풍채의 문관 지채 유고劉高 부부와 대립 관계를 보이며 문관 중심 시대에 무관 시각의 비판적 태도를 드러내주는 인물이기도 하다.

화영은 영채 도는 두 눈에 치솟은 검은 눈썹과 붉은 입술, 가는 허리와 넓은 어깨를 가졌다. 그는 백 보 거리의 버들잎을 정확히 쏘아 맞힐 만큼 놀라운 활 솜씨의 소유자로, 소이광小李廣이라는 별명을 지녔다. 한나라 명장 비장군飛將軍 이광李廣에 못지않은 신궁神弓이란 뜻이다. 신비장군神臂將軍이라는 또다른 닉네임도 활쏘기 명수인

그림 4-13 화영이 양산박에서 기러기를 쏘아 맞혀 활솜씨를 입증하는 장면.(『이탁오비평』)

그의 놀라운 팔의 힘을 말해준다. 창도 잘 다뤄 은창수銀槍手라고 불리기도 하지만 그의 주특기는 역시 활이다.

이때 날이 아직 채 밝지 않았는데 그 200여 명의 사람들은 문 앞에 몰려서서 웅성거리기만 할 뿐 두려워서 감히 앞장서 들어가는 자가 없었다. 날이 훤히 밝아서 살펴보니 두 쪽 대문이 열려 있는데 화지채는 왼손에 활을 들고 오른손에 살을 들고 앉아 있었다. 숱한 사람들이 문 앞에 몰려서서 웅성거리는 것을 보자 화영은 활을 세워들며 큰 소리로 꾸짖었다.

"너희 군졸들은 멋모르고 유고가 보내서 왔겠지만, 너희들은 그자를 위해 덤빌 생각일랑 접어라! 새로 온 두 교두敎頭는 아직 이 화지채의 무예를 못 봤을 게다. 지금 너희들은 먼저 이 화지채의 활 재주를 보고 난 다음 그래도 겁 안 내고 유고를 위해 싸울 생각이 있거든 들어오너라! 내가 저 대문 왼쪽 문신門神이 쥐고 있는 골타骨朶 끝을 맞힐 테니 봐라!"

화영이 살을 먹인 활을 지그시 당겼다가 "자!" 하면서 쏘니 살은 곧바로 문신의 골타 끝에 들어가 박혔다. 그것을 보고 놀라지 않는 군졸들이 없었다. 화영은 두 번째 살을 먹이면서 또 큰 소리로 외쳤다.

"너희는 또 봐라! 이 두 번째 살로는 저 오른쪽 문신의 투구 꼭대기에 달린 붉은 꽃술을 쏠 테다!"

그러자 화살은 휙 날아가 한 치의 오차도 없이 꽃술 한가운데 꽂혔다. 두 대의 화살은 두 문짝에 단단히 박혀 있었다. 화영은 다시 세 번째 살을 먹이면서 외쳤다.

"너희들은 또 보아라! 이 셋째 살로는 너희들 가운데 서 있는 흰 옷 입은 교두의 명문을 쏠 테다!"

그러자 그자가 "아이구!" 하고 외마디소리를 지르며 돌아서 바삐 달아나니 숱한 군졸들도 아우성을 치면서 제각기 도망쳤다.(제33회)

그의 활 실력과 위풍이 드러나는 대표적인 장면 중 하나이다. 송강이 아직 양산박 가담 전에 청풍산 도적패 두목으로 오인되어 체포 위기에 몰렸을 때 화영이 나서 위험에서 벗어나게 해주는 대목이다. 어떤 인연인지는 그려지지 않으나 그는 본래부터 송강과 친분이 깊은 인물로 설정되어 염파석 사건 후 도피 중인 송강을 누구보다 격정해주며 특별히 자기 쪽으로 청해온다. 그러나 송강을 구하려다 자신도 도적들과 결탁했다는 죄를 뒤집어쓰고 하옥되었다. 결국 탈출하여 관군과 맞서고 유고 부부를 살해하면서 자신도 녹림객이 되고 송강의 심복으로 양산박에 가담한다.

양산박군 내에서는 마군 두령 중 으뜸 자리를 차지하며 활약을 이어간다. 황제의 두 번째 초무 조서가 내려왔을 때 조서를 고의로 틀리게 읽는 고구의 간계를 알자마자 가장 먼저 나서서 조서를 읽던 사신의 얼굴을 활로 쏴 초무를 무산시키는 것이 화영이다. 그는 마군 장수로서 빠른 기동력과 가공할 활솜씨로 종종 적의 장수들을 선제공격하여 살상함으로써 기선을 제압하거나 군위를 떨치는 데 많은 공을 세운다. 화영은 마지막 방랍 정벌 승전까지 살아남는 호한 중 하나이자 송강과의 오랜 인연으로 최후까지 함께하는 한 사람으로 그려지기도 한다.

돌팔매의 명수 장청

장청張淸은 양산박 동쪽 고을 창덕부彰德府 출신으로, 인근의 또다른 고을인 동창부東昌府의 호기대虎騎隊 병마도감兵馬都監, 곧 마군 대장으로 등장한다. 승냥이 같은 허리에 원숭이 같은 팔, 호랑이 같은 몸집을 지닌 준수한 외모의 젊은 장수로 묘사된다. 그는 돌팔매질이라는 특이한 재능을 지닌 인물이다. 말 안장 양옆에 돌맹이를 채운 비단 주머니를 달고 다니는데, 전투에 나서서 돌을 꺼내 뿌리면 활이나 쇠뇌, 탄궁도 못 당하는 위력을 과시한다. 장청의 돌팔매는 백발백중인지라 그는 '날개 없는 화살(의 명수)'이란 의미로 몰우전沒羽箭이라 불린다.

장청은 양산박 무리가 증두시를 쳐서 조개의 원수를 갚은 후 산채의 물자 확보를 위해 부근의 동평부와 동창부를 치는 과정에서 관군 맹장으로 처음 모습을 드러낸다. 이때 양산박 무리는 별똥처럼 날아드는 그의 돌팔매에 잠깐 사이 무려 15명의 두령이 얻어맞아 기선을 제압당하고 만다.

장청이 송강에게 삿대질하며 욕을 퍼부었다.

"물가에 사는 이 도적놈아, 내 네놈과 결판을 낼 테다!"

"누가 나가서 장청과 싸우겠느냐?"

송강이 묻자 분이 꼭뒤까지 치민 한 영웅이 구렴창鉤鎌鎗을 휘두르며 말을 달려 진 앞으로 나온다. 송강이 본즉 그는 다름 아닌 금창수金鎗手 서녕徐寧이었다.

'과시 대등한 적수로구나!'

송강이 속으로 기뻐하는 중에 서녕은 말을 놓아 곧추 장청에게 달려든다. 말과 말이 서로 엉기고 창과 창이 부딪치며 싸우기 다섯 합도 못되어 장청이 달아나는지라 서녕은 바싹 뒤를 쫓았다. 이때 장청이 긴 창을 왼손에 바꿔 쥐더니 오른손으로 비단 주머니에서 돌을 꺼내 쥔다. 그는 서녕이 가까이 오기를 기다렸다가 몸을 틀며 그의 면상을 겨누고 던

그림 4-14 장청이 돌팔매로 양산박 호
한들에 대항하는 장면.(『이탁오비평』)

졌다. 용맹한 영웅은 그만 미간을 얻어맞고 말에서 굴러떨어졌다. 공왕
龔旺과 정득손丁得孫이 서녕을 붙잡으려고 달려나오니 장수가 많은 송강
의 진에서 어느새 여방呂方과 곽성郭盛이 화극畵戟을 들고 나가서 서녕
을 구해 본진으로 돌아왔다. 송강 등은 모두 대경실색하였다.

"다음은 어느 두령이 나가 싸울꼬?"

송강의 말이 채 끝나기도 전에 뒤에서 한 장수가 쏜살같이 달려나가
는 것을 보니 그는 바로 금모호錦毛虎 연순燕順이다. 송강이 나가지 못하
게 막으려 하였으나 벌써 때는 늦었다. 연순은 장청과 맞서 몇 합 싸우다
가 당해내지 못하겠는지라 말을 돌려 달려오는데 장청이 뒤쫓아오며 연
순의 잔등을 겨누고 돌을 뿌린다. 장청이 연순의 갑옷 잔등에 댄 호심경

護心鏡에 돌을 맞히자 쨍 하는 소리가 나는지라 연순은 안장에 바싹 엎드려 달아났다. 이때 송강의 진에서 또 한 사람이 "저따위 필부가 두려울 게 뭔가!" 하고 외치더니 창을 꼬나들고 말을 채쳐 나는 듯이 달려나갔다. 송강이 보니 그는 백승장百勝將 한도韓滔였다. 한도는 말도 없이 장청에게 달려들었다. 두 말이 맞붙자 함성이 크게 일었다. 한도는 송강 앞에서 본때를 보이려고 정신을 바짝 차리고 장청과 싸우는데 10합도 되기 전에 장청이 또 말을 돌려 달아난다. 한도는 그가 팔매질을 하지 않을까 해서 뒤쫓지 않고 내버려두었다. 장청은 되돌아보고 한도가 쫓지 않으므로 말을 돌려 다시 달려들었다. 한도가 창을 비껴들고 맞받아 싸우려는 때 장청의 손이 한번 번뜩하자 어느새 돌이 날아와 삭은코를 치는지라 한도는 피를 흘리며 본진으로 돌아왔다. 이때 팽기彭玘가 보고 있다가 대로하여 송강의 영이 내리기도 전에 삼첨양인도三尖兩刃刀를 휘두르며 나는 듯이 말을 달려 장청에게 달려들었다. 그러나 두 말이 서로 어울리기도 전에 장청이 돌을 쥐고 있던 손을 번뜩하자 팽기는 볼을 얻어맞고 삼첨양인도마저 집어던진 채 말을 달려 진으로 되돌아왔다.(제70회)

장청은 이처럼 첫 등장부터 인상적인 모습을 보여준다. 양산박 무리는 결국 공손승의 도술을 동원하고서야 그를 사로잡는다. 붙잡힌 연청은 송강의 의기에 감화되어 양산박에 투항을 결심하고 합류하게 된다. 장청은 천강성 중에서는 사실상 마지막으로 등장하여 결합하는 인물이지만, 뒤늦은 가담에도 자못 뚜렷한 존재감을 드러낸다. 늦은 등장으로 인해 그의 활약은 주로 초안 이후의 정벌 과정에 집중되어 있다. 하지만 화영과 마찬가지로 마군으로서 신속성과 돌팔매라는 중거리 공격 능력으로 강한 적장들을 물리쳐 적진에 큰 타격을 주며 승리의 발판을 마련하는 활약을 보인다.

장청은 기이한 전세의 인연으로 전호 정벌 과정에서 원래 전호 편에 속해 있던 경영瓊英이라는 아리따운 여 적장과 부부의 연을 맺게 된다. 이 과정에 삽입된 경영과 장청의 이야기는 후반부에서는 보기 드문 전기체 서사이자 로맨스를 품은 복수 무협극이기도 하다. 장청은 꿈속에서 한 신선이 찾아와 어느 처녀에게 무술과 돌팔매질을 가르쳐주라고 해서 무예를 가르쳤는데, 그 꿈속의 처녀가 경영임을 알고 그녀의 진영에 잠입하였다. 경영은 전호가 부모의 원수임을 뒤늦게 알게 된 후 자기 진영으로 잠입해 신임을 얻은 장청과 혼인을 이룬 뒤 결국 원한을 갚음으로써 전호 세력을 소탕하는 데에 결정적인 공을 세운다. 그녀는 108인에 속하지는 않지만 이후 송강 군에 편입되어 장청과 함께 부부 돌팔매 명수로 종종 선봉으로 나서며 활약을 펼친다.

제5장

마초들의 잔혹사, 그 속의 여성

어려서는『수호전』을 읽지 말라?

소설『수호전』이 세상에 나온 이후 작자의 자손 삼대가 모두 벙어리가 되었다는 소문이 파다했던 것으로 전해진다.『수호전』을 지어서 천벌을 받았다는 얘기다. 근거 없는 헛소리라지만『수호전』이 그만큼 무시무시한 내용을 담고 있다는 것을 상징적으로 말해준다. 정당화와 합리화의 외피를 쓰고 있기는 하지만, 실제로『수호전』곳곳에는 어두운 악의 그림자가 자못 짙게 드리워져 있다. 전통 시기 지배층이 어려서는『수호전』을 읽지 말라고 했던 것도 이 때문이었을 것이다.

중국계 비판적 지식인 류짜이푸劉再復가『삼국지연의』와 더불어 중국인에게 있어서 '지옥의 문'이라고 형용하기도 한『수호전』의 어두운 이면을 잠시 들춰보기로 한다.

『수호전』은 불의와 악에 맞서는 호한들의 통쾌한 응징과 복수의 활약상으로 가득하다. 하지만 그들의 활극 가운데 때로는 오늘날 독자의 시각에서 볼 때 차마 받아들이기 어려운 장면들도 결코 적지 않다. 호한들이 무력을 행사하는 과정에서 종종 과도한 잔혹성을 드러내는가 하면 수많은 무고한 희생이 뒤따르기도 한다. 죄 없는 백성, 특히 하층 여성이나 유아 같은 사회적 약자들이 무참하게 살해되는 대목들에서는 목불인견의 섬뜩함을 떨치기 어렵다.

노지심이 사진史進과 함께 와관사瓦罐寺에서 악행을 일삼아온 가짜 중과 도사를 살해한 직후 그들에게 시달리던 늙은 중들과 젊은 여인이 모두 비관 자살을 한 처참한 장면을 목도한 상황에서도 태연하게 배불리 음식을 먹고 절을 모조리 불태우고 떠나는 대목은 그 일례이다.

무송의 원앙루鴛鴦樓 활극에서는 복수심에 불타오른 무송이 연이어 19명이나 잔혹하게 살육하는 참극이 자세히 묘사되는데, 그 과정에서 하인과 어린 하녀 등 여러 명의 무고한 이들까지 희생양이 된다. 송강과 청풍채 도적패는 군관인 진명秦明을 가담시키기 위해 먼저 죄 없는 백성들의 마을을 초토화하는 학살극을 저지르고 진명의 일가가 몰살당하게 만듦으로써 그를 막다른 길로 모는 일조차 서슴지 않는다.

주동朱소을 영입하기 위한 양산박 무리의 행위는 가장 끔찍한 예라 할 수 있다. 오용의 계책과 조개 및 송강의 지시하에 이규가 주동의 상관이 금옥처럼 아끼는 네 살배기 소아내小衙內를 유괴해다 잔인하게 살해하여 보호 임무를 맡고 있던 주동이 어쩔 수 없이 양산박에 가담하도록 만드는 천인공노할 일을 버젓이 자행하는 까닭이다.

호한 개인 또는 '형제'를 위한 복수 후에 원수의 수급이나 염통을 놓고 제사지내는 일 정도는 비일비재하다. 독자를 당혹케 하는 것은 이런 장면들에서 호한들이 별다른 심리적 동요를 보이지 않는 것은 물론 무감각해 보이거나 심지어 쾌감을 드러내기까지 한다는 점이다. 이런 대목들에서 호한들은 마치 사이코패스 살인마 같은 인상을 주곤 하는 것이 사실이다. 그들이 감정의 동요를 크게 드러내는 것은 오직 '형제들'이나 가족이 희생을 당한 경우에 국한되며, 그 이외의 생명들에 대해서는 경시하는 경향이 농후하다.

양성 불평등의 잔혹사

그렇다면 폭력이 난무하는 거친 사내들의 이야기 속에서 여성들은 또 어떻게 그려지고 있을까. 이 같은 맥락 속에서 여성들의 운명도 당연히 예외가 아니다. 『수호전』에서는 긍정적으로 묘사되는 여성 인물 자체가 드물다. 그에 비해 요녀, 간부, 악녀와 같은 부정적인 이미지의 여성들은 줄기차게 등장한다. 기본적으로 여성들에 대해서는 차별과 비하를 넘어 적대시하는 듯한 경향을 보인다 해도 크게 지나친 말은 아니다.

송강에게 살해되는 염파석은 창기 출신으로 송강 몰래 외도를 하고 후에 송강의 약점을 파고들어 궁지로 모는 악독한 간부로 묘사된다. 역시 하층민 출신으로 남편 몰래 외도를 하고 결국 남편을 독살까지 했다가 무송에게 살해당하는 반금련은 음부로 묘사되는 대표적인 인물이다. 그녀의 외도와 악행을 부추긴 뚜쟁이 왕 노파王婆 역시 능글맞은 악녀로 묘사되며 끝내 능지처참을 당하고 만다. 이밖에도 양웅楊雄의 처 반교운潘巧雲, 청풍채 문관 지채 유고의 처, 뇌횡雷橫과 갈등을 빚는 창기 백수영白秀英, 안도전安道全의 정부情婦인 기녀 이교노李巧奴, 동평부의 창기 이수란李睡蘭, 노준의의 처 등은 모두 요사한 간부나 악녀로 그려지면서 결국 호한들에 의해 잔혹한 죽음을 맞는다. 그 가운데 양웅이 의형제인 석수石秀를 통해 아내

의 간음 사실을 알게 된 후 반교운을 처단하는 장면은 이렇게 묘사
된다.

양웅은 칼을 들고 앞으로 다가가 계집이 고함치지 못하게 먼저 혀를 끄
집어내어 잘라버리고 손가락질하며 꾸짖었다.

"이 더러운 화냥년아! 나는 네가 지껄이는 말을 듣고 하마터면 네년에
게 속을 뺀했다. 너를 그냥 살려뒀다간 우선 우리 형제의 의가 벌어질 것
이고 다음으로는 나도 장차 네년에게 목숨을 잃을 것이니 아예 오늘 선
손을 써야겠다. 대체 네년의 오장이 어떻게 생겨먹어서 그런가 어디 한
번 보자!"

양웅은 단칼에 계집의 명치끝에서 배꼽 아래까지 쭉 가르고 심장, 간
장 등 오장육부를 꺼내어 소나무 가지에 걸어놓고 이어 온몸을 성한 데
없이 난도질하였다. (제46회)

이런 여성 인물들의 이야기는 유사한 패턴이 다양한 변주를 보이
듯 반복적으로 등장한다. 음부와 간부, 악녀를 문제 삼으며 일면 호
한들의 행위를 정당하고 의로운 것으로 부각하는 듯하지만, 따지고
보면 여성 전체에 대한 경시와 부정적 시각이 시종 그 기저에 흐르
고 있다. 이러한 콘텍스트 속에서 여성 인물들은 독립인격은커녕 시
종 대상화되고 타자화된 존재에 불과하다.

물론 여성에 대한 이런 부정적 시각은 뿌리 깊은 남성 중심적 전

그림 5-1 양웅이 간음한 처 반교운을 처단하는 장면.『수호전』에서 요녀, 악녀로 묘사된 여성들은 이처럼 잔혹한 죽음을 맞았다.(『수호전전』)

통 관념과 맞닿아 있다. 더욱이 이른바 사나이들의 세계를 그린 『수호전』이고 보니 자연 이러한 경향성이 더 두드러진 것으로 보인다.

108호한 가운데는 몇 쌍의 부부 두령도 있고 배우자가 있는 인물도 소수 있지만 대부분은 홀몸이거나 그렇게 추정되는 인물들이다. 이들에게 있어서 이른바 '여색'을 즐기는 것은 호한이 할 짓이 아니며 여색에 빠지면 세상의 비웃음을 산다는 의식이 지배적이다. 일종의 금욕주의적 경향을 드러내는 것인데, 문제는 여기서 여색과 여성이 등치되고 그에 따라 여성을 멀리하는 것이 호한의 자격 기준의 하나인 것처럼 여겨지는 경향을 보인다는 점이다.

특히 이규의 여성 기피 내지 혐오적 언행은 노이로제에 가깝다고 할 정도이다. 일례로 이규가 꿈에서 납치범들에게 위협을 당한 젊은 여성과 그 노부모를 구해준 후 노부부가 감사 표시로 주안상을 마련하고 정중히 딸을 이규에게 맡기겠다고 하자, 말이 떨어지기가 무섭게 이규는 펄쩍 뛰며 고래고래 호통을 치고는 상을 걷어차 엎고 뛰쳐나가버린다. 꿈속 이야기이기는 하지만 여성에 대한 이규의 태도를 잘 엿볼 수 있는 대목이다. 사실상 여성을 의도적으로 배제하는 것이나 마찬가지인 이런 맥락에서 이상적이지는 못할지언정 최소한 '정상적인' 양성 관계조차도 애당초 제대로 설 자리가 없는 것이다. 공존의 존재로서 여성이 아닌 경계해야 할 위험하고 부정적인 존재들로 비치고 있는 까닭이다. 사나이들의 의리의 세계에 여성들은 걸림돌이 될 뿐이며, 따라서 그들이 추구하는 충의의 이상에 있어서도 여성은 기본적으로 공동의 협력자로 온전히 설 자격조차 없는 존재들일 따름이다.

물론 극소수이기는 하지만 108인 가운데 여성 두령들도 있기는 하다. 일장청一丈青 호삼랑扈三娘, 모야차母夜叉 손이랑孫二娘, 모대충母大蟲 고대수顧大嫂 3인이 그들이다. 하지만 이들은 기본적으로 인물형상의 다양성 확보와 더불어 구색을 갖추기 위해 설정된 존재들에 가까우며, 그 이상의 의미는 찾기 어렵다고 해도 과언이 아니다. 그것은 그녀들이 남성 호한들과 달리 본명도 없이 각각 '셋째 딸', '둘째 딸', '아주머니' 정도의 의미를 지닌 호칭으로 불리는 것에서 어느 정도 드러난다.

무력 집단의 구성원으로서 이런 식의 캐릭터 설정이 불가피해서였을까. 손이랑과 고대수는 별명에서도 감지되듯, 각각 사나운 여자라는 뜻의 모야차, 암호랑이라는 뜻의 모대충으로 불려 사실상 거친 남성과 다를 바 없는 젠더를 지닌 인물들로 그려진다. 호삼랑의 경우 뛰어난 무예를 지녔지만 요염한 외모를 지닌 여성으로 설정된 것에서 이미 대상화되고 있음이 드러나는가 하면, 108인 가운데 예외적으로 호색한으로 묘사되는 단신短身의 추남 왕왜호王矮虎와 부부로 맺어지는 것으로 그려지면서 결과적으로 호색에 대한 희화의 시각을 드러내는 도구적 역할을 하기도 한다. 3인 모두 지살성에 속하며 108인 가운데서 인상적인 활약을 보이지 못하는 부차적인 인물들임은 말할 것도 없다.

그림 5-2(상좌) 일장청 호삼랑.(『엽자』)
그림 5-3(상우) 모야차 손이랑.(『엽자』)
그림 5-4(하좌) 모대충 고대수.(『엽자』)
108명의 영웅들 중 여성 두령이었던
이들이지만, 기본적으로 대상화된 부
차적인 캐릭터로 설정되었다.

한편 호한들의 '금욕주의적' 태도를 정신분석학적 측면에서 욕망의 억눌림과 관련해서 보는 견해도 있다. 겉으로는 금욕주의적 경향을 표방하지만 실제로는 억눌린 욕구와 그로 인한 일그러진 내면을 엿보이기도 하는 까닭이다. 작품 속에는 이따금 여성의 외모에 대한 호한들의 관음적 시선이 은근히 드러나는 지점들이 있다. 무송의 눈으로 묘사된 반금련의 외모나 심지어 여성혐오적 태도를 보이는 이규의 눈으로 묘사된 유태공劉太公 딸의 모습 등이 그 예이다.

물론 이러한 시선은 서술자 및 남성 지식인으로서 작자의 시선과 포개져 있기도 하여 문제가 간단치만은 않다. 그러나 호색에 대한 이규의 신경질적인 분노 표출로 대표되는 여성 기피적 혹은 가학적 '금욕주의' 경향은 억눌리고 일그러진 욕망의 이면을 보여주는 면이 없지 않다. 여하튼 어떤 측면에서 보더라도 여성이 결국 남성의 시각에서 대상화되면서 왜곡된 양성 관계 문제를 노정하고 있는 점은 매한가지이다.

그런가 하면 드물지만 여성이 긍정적으로 묘사되는 경우도 없지는 않다. 효부, 의부, 정녀貞女 등과 같은 경우가 그에 해당한다. 예를 들어 장청과 부부의 연을 맺는 경영의 경우가 대표적이다. 경영은 효성과 정절, 충의를 두루 갖춘 여성으로 후에 황제로부터 작위와 더불어 표양表揚을 받는 것으로 그려진다. 한때 방랍 세력에 속해 있던 김절金節의 아내 진옥란秦玉蘭의 경우도 충의지심을 보인 덕분에 칭송을 얻는다. 작품 속에서 이러한 여성들은 음부, 악녀의 대척

점에 서 있으면서 여성의 효와 충의, 정절과 같은 덕목을 선양하는 역할을 한다. 여성이 가부장적 남성 세계를 유지하고 그것에 도움이 되는 한에서 그 가치를 인정받는 형국인 것이다. 독립인격으로서보다는 역시 철저하게 남성 중심의 억압적 테두리 안에 갇힌 존재로 그려지거나 평가되고 있는 셈이다. 동시에 이러한 인물들에 대한 긍정적 묘사는 이른바 음부, 악녀들에 대한 잔혹한 응징을 정당화하는 데에도 간접적으로 기여하고 있음은 물론이다.

이처럼 폭력적·파괴적 본능은 거리낌 없이 드러내면서도 성적 욕망은 철저히 차단하고 감추면서 남성 중심의 가치관을 선양하며 극단을 오가는 것이 『수호전』이다. 폭력의 잔혹성과 여성에 대한 억압적, 심지어 폭압적 경향성은 소설 속의 숨길 수 없는 '현실'이다. 그러나 종종 극단으로 치닫곤 하는 이러한 경향은 그나마 겹겹의 합리화 장치들을 통해 독자들의 심리적 충격을 완화한다. 가령 양산박 무리가 무고하게 희생된 영령들을 위한 나천대제를 올리는 행위 따위가 그 예이다. 하늘의 뜻임을 빌어 숙명론적으로 포장하는 방식도 마찬가지이다.

"빈도도 그 사람이 상계上界의 천살성에 든다는 것을 이미 알고 있네. 하계의 중생들이 죄악을 하도 많이 저질렀으므로 그더러 하계에 내려와 살육하라는 벌을 준 것이니 내 어찌 천의를 거역하고 그 사람을 해치겠나."

나진인이 송강에게 공손승에 대해 하는 이 같은 말에서 그 일단을 엿볼 수 있다.

『수호전』 속의 잔혹사와 편향된 양성 관계에는 상당 부분 전통 시기 중국의 어둡고 혼란했던 사회상과 더불어 극심한 양성 불평등의 현실이 반영되어 있다. 멸족의 형벌이 있고 전족이 성행할 만큼 야만성과 우매함이 오늘날보다 훨씬 강하게 남아 있던 시대의 이야기라는 점을 감안해서 읽을 필요가 있다. 『수호전』의 영웅 형상은 당연하게도 결국 고대 영웅의 모습일 수밖에 없는 것이다.

물론 『수호전』의 잔혹사에 관해서는 현실 반영의 측면 외에 과장된 허구이자 자극적인 상품으로 빚어진 결과물이라는 점도 놓쳐서는 안 된다. 극단적인 폭력신으로 유명한 영화감독 쿠엔틴 타란티노가 영화는 영화로 봐야 한다는 태도를 견지하듯 결국 소설은 소설로 보아야 하는 것이다. 여성에 대한 시각과 태도 역시 남성 지식인 작가가 주요 독자층이자 소비자인 (지배계급을 포함한) 남성들을 의식하여 그들의 통념과 정서, '기대'에 영합하고 어필하기 위해 포장된 면도 없지 않을 터이다.

제6장

호한들과
술, 음식, 연회

술은 바닷물같이, 고기는 산처럼

자고로 중국은 '백성은 먹는 것을 하늘로 삼는다(民以食爲天)'는 말이 상징하듯 먹는 것을 유난히 중시해온 나라이다. 그런가 하면 세계적으로 손꼽히는 음식문화를 일궈온 나라이기도 하다. 장구한 중국의 역사에 있어서 『수호전』의 배경이 된 송대는 특히 음식문화가 비약적으로 발전하기 시작한 시대였다. 여기에는 생산력의 발달과 더불어 상업의 두드러진 발전이 견인차 역할을 하였다. 작품의 시대 배경인 휘종 연간 궁중화가이기도 했던 장택단의 유명한 풍속화〈청명상하도〉(21쪽 그림 1-1)는 당시 세계적으로 손꼽힐 만큼 번성했던 도성의 요식업 발전상을 생생하게 엿볼 수 있는 좋은 예이다.

거친 사내들의 세계를 그린 『수호전』에서 음식을 주요 소재라 보기는 어렵다. 하지만 음식은 인간의 본능 및 일상과 관계되는 만큼 작품 속에는 이런 시대상을 반영한 관련 내용이 적지 않으며, 때로는 이야기에서 자못 중요한 역할을 하거나 짙은 인상을 남기기도 한다. 『수호전』에 묘사된 음식 관련 문화가 모두 송대의 것이라고 할 수는 없으나 세밀한 필치의 사실성을 갖춘 중국 최초의 장편소설로서 송대, 길게는 원·명대까지를 아우르는 다채로운 음식문화의 풍속도를 그려내어 읽는 재미를 더해준다.

북송의 수도 개봉에는 이미 24시간 영업을 하는 음식점이 있었고 여름철이면 다양한 빙과류가 불티나게 팔릴 만큼 음식문화의 상업적 발전이 상상 이상이었다. 『수호전』에서도 시골의 주막집은 물론이고 도시의 음식점이나 국숫집, 찻집, 술집, 기루에 이르기까지 상업화된 음식문화 공간이 다양하게 등장하며 이야기의 공간적 배경으로 적절하게 활용되고 있다. 하루 1000명 이상의 손님이 드나들었던 동경 최고의 술집 번루樊樓와 부근의 청루 거리, 강주 심양潯陽 강변의 비파정琵琶亭과 심양루, 하북 대명부의 취운루翠雲樓 등 지역의 이름난 명소이기도 한 주점들이 등장하면서 이야기의 사실성을 높인다.

　동경 청루 거리의 경우 양산박 무리가 명기 이사사를 통해 황제와 직접 접촉하여 초무를 성사시키는 중요한 장소로 이용되는가 하면, 강주 심양루는 송강의 '반역시'로 이야기의 큰 전환점을 만들어내는 공간 배경으로 쓰인다. 호한들이 양산박 초입에 설치한 주점은 양산박을 드나드는 필수 관문이자 정보 탐지의 거점 역할을 하는 것으로 묘사된다. 운성현 왕 노파의 찻집에서는 반금련과 서문경의 외도가 벌어지기도 한다. 이런 공간들은 인물들의 만남이나 각종 사건의 발단 및 발생을 매개해주는 훌륭한 배경으로서 서사적 기능을 하고 있는 것이다.

　송대 음식문화가 상업적 발전을 이룰 수 있었던 것은 다양한 식재료와 조리법의 발달 및 보편화와 밀접하게 연관되어 있다. 식재료로는 국숫집이 성행할 만큼 송대에 비로소 보편화되기 시작한 면식과 더불어 각종 육류가 특히 많이 언급된다. 이는 밀농사가 주를 이루고 육류 소비가 더 많은 북방이 주요 배경이 되고 북방 출신 인물이 주를 이루는 것과 관련이 크다고 할 것이다. 육류와 관련해서 오늘날 중국인은 돼지고기를 가장 많이 먹지만, 작품 속에서 돼지고기는 거의 묘사되지 않는다. 전통적으로 특히 귀하게 여겨져왔던 쇠고기가 가장 많이 언급되며 양고기와 말고기가 그다음을 차지한다. 돼지고기에 관한 내용이 드문 것은 돼지고기가 명대 이전에는 하등 취급을 받았던 점과 더불어 『수호전』의 작자가 이슬람교도인 회족이었을 가능성과 관련이 있는 것으로 추정되기도 한다.

그런가 하면 오늘날 한족들은 잘 먹지 않는 개고기도 등장한다. 노지심이 삶은 개고기를 마늘즙에 찍어 안주 삼아 게걸스럽게 먹는 장면이 그것인데, 실제로 중국에서 예로부터 개고기를 즐겨왔던 풍습의 일단을 보여주는 예이다.

한편 작품 속에는 남방의 음식문화와 관련한 내용도 일부 담겨 있다. 송강이 강주에서 유배 생활을 하는 대목이 대표적이다. 이 대목에서는 칼칼한 생선 해장국이 등장하는가 하면, 중국인이 매우 좋아하는 금빛 잉어를 쪄서 만든 매운탕과 함께 지금의 중국인은 잘 먹지 않지만 전통 시기에는 즐겨왔던 생선회가 묘사되기도 하고, 이제는 한국에서도 인기 있는 '마라麻辣' 스타일의 두부 요리가 등장하기도 한다. 육고기보다 수산물을 선호하는 남방 음식의 특징 및 다습한 기후를 이겨내기 위해 매운맛을 즐겨온 서남방식 음식문화가 가미되어 있는 것이다. 이 밖에도 수많은 식재료와 음식이 등장하지만 일일이 거론할 필요는 없겠다.

그런가 하면 스케일이 큰 소설답게 작품 속에는 대규모 연회 장면도 적잖게 묘사되고 있다. 그 가운데 궁중 및 귀족의 연회는 자못 상세하게 그려진다. 작품 서두에 묘사되는 황실 귀족의 생일연회 묘사가 그 대표적인 예이다. 신종神宗 황제의 부마인 왕진경王晉卿이 후에 휘종이 되는 처남 단왕端王을 주빈으로 초대하여 산해진미를 두루 갖춰 호화롭게 벌이는 자신의 생일 축하연이 그것이다.

송강 무리가 조정에 귀순한 것을 경축하며 궁중에서 벌이는 어연御筵 묘사도 매우 상세하다. 이들 연회에는 기린 포육이며 난새 간, 낙타 발, 곰 발, 강남 잉어회 등 진귀한 음식들이 다수 등장하는가 하면, 음식뿐 아니라 무희들의 춤과 가희들의 노래, 공연, 각종 고급 식기와 장식물 등이 곁들여지면서 화려하고 버라이어티한 장면을 연출한다. 다음은 어연 묘사의 일부이다.

연석에는 거북 등껍질 자리 펴고 황금 박은 칠보 기명들 놓였구나.

　향로는 기린이 줄지어 선 듯 백화향百和香은 용뇌龍腦로 빚어 만든 듯.

유리잔, 호박琥珀잔 섞여 놓이고 마노瑪瑙잔, 산호珊瑚잔 줄지어 있네.

　붉은 옥쟁반엔 기린 포脯, 난새 간 높이 쌓였고, 자색 옥접시엔 낙타 발, 곰 발이 가득 담겼구나.

　말간 도화탕桃花湯엔 가늘게 썬 만리장성 밖 사향노루 고기 들어 있고, 신선한 강남의 붉은 잉어 은실처럼 회로 썰어놓았네.

황금잔엔 향기로운 술 그득하고 신선의 술잔엔 진귀한 술이 넘치누나.

각양각색 격식 있는 그릇엔 온갖 진미 담겼고, 엿을 발라 달디단 신선이 올라탄 사자 모양 과자며 쌀가루로 만든 향기롭고 보드라운 필승 기원 찹쌀떡도 있구나.

술이 다섯 순배 돌고 탕이 세 번 들어온 뒤 궁중 가무단의 춤과 노래 시작되네.(제82회)

물론 기린 포나 난새 간 따위는 상상의 동물 이름을 빌린 진귀한 음식들이리라. 이런 연회 묘사를 통해 독자들의 시선을 끌고 호기심을 자극함과 동시에 당시 황실과 지배층의 사치상을 은근히 드러내고 있는 것이다.

한편 요나라가 항복하여 송 황제의 조서를 받고 송의 사신을 접대하는 성대한 궁중 연회가 그려지기도 한다. 여기에는 포도주며 사향노루 고기, 희귀한 과일 등 중원의 음식과는 다른 이국적인 음식들과 더불어 북방민족의 음악과 춤이 곁들여지는 것으로 묘사된다. 그 사실성 여부를 떠나 이러한 묘사에서는 전통 시기 중국인의 이역 및 외국에 대한 인식의 일단을 엿볼 수 있기도 하다.

호한들의 연회는 무수히 언급된다. 다만 그들의 연회는 궁중이나 귀족의 연회만큼 상세히 묘사되지는 않는다. 또 그들의 연회는 고급

그림 6-1(좌) 귀순 후 어연 장면.(『수호전전』)
그림 6-2(우) 양산박 대연회.(『수호전전』)

스럽거나 호화로운 이미지보다는 "비록 구운 용 고기와 삶은 봉황 고기는 없을망정 술은 바닷물같이 흔하고 고기는 산같이 쌓였다"는 식의 표현으로 주지육림의 느낌을 주면서 양으로 승부하는 것에 가깝다. '충의'와 같은 명분에 앞서 "큰 저울로 금은을 나누고 큰 사발로 술을 마시고 고기는 큰 덩이로 먹으며 더불어 지내는 것"을 지향해온 터프한 도적 무리의 꿈에 어울리는 모습으로 그려지고 있는 것이다. 이는 거친 사나이들의 집단성이나 호쾌한 이미지를 대변하는 것이자, 팍팍하고 궁핍한 삶을 살았을 전통 시기 민중의 소박한 이상이 투영된 것이기도 하다.

한편 호한들의 연회는 종종 이야기의 크고 작은 매듭을 지어주는 일종의 단락 또는 전환점 역할을 하기도 한다. 예를 들어 제20회에 서는 임충이 왕륜을 제거하고 조개가 양산박의 새 리더로 추대된 후 연이어 경축연을 벌이는데, 이는 양산박의 구성원 및 성격 변화에 있어서 하나의 매듭이 된다. 제41회에서 송강이 결국 양산박에 정식 으로 가담하면서 남북방에서 모인 40명의 두령들이 새로이 서열을 정하고 풍악을 울리며 연거푸 경축연을 여는 대목 역시 하나의 작은 단락을 이루는 역할을 하고 있다.

가장 대표적인 예는 제71회에 나오는 중양절 연회이다. 중양절은 음력 9월 9일, 곧 가장 큰 양수陽數가 겹치는 길한 명절로, 이날 가 족·친지와 높은 곳에 올라 복을 빌고 국화를 감상하며 국화술 등을 함께 나누기도 하고 신과 조상에게 제사를 지내기도 했다. 중양절은 추석보다 더 늦은 절기이므로 가을이 무르익은 풍요로운 수확의 시 기이기도 하거니와, 숫자 9는 '오랠 구久' 자와 발음이 같아 좋은 것 이 오래 지속되기를 바라는 희망을 기탁할 수 있는 날이기도 하다.

108호한이 드디어 한데 다 모여 서열과 직분이 새롭게 정해지고 난 후 다소 여유가 생긴 시점에서 중양절을 맞아 국화를 감상하는 연회를 성대하게 벌여 떠들썩하게 즐긴다. 다들 거나하게 마시는 와 중에 잔뜩 취한 송강이 주흥에 쓴 시를 통해 '초무'를 공개적으로 언 급한 것에 무송과 이규, 노지심 등이 큰 반감을 드러내면서 분위기가 급전직하하여 자리는 흐지부지 파하고 마는 것으로 그려진다. 호사다마랄까 하필 이 좋고 의미 있는 날 호한들 간의 갈등이 비로소 불거진다는 설정이 매우 대비적이다. 전술한 바와 같이 이것이 '의'와 '충'의 갈등이 처음으로 표면화하는 대목으로서 작품 속에서 큰 분수령이 된다.

그런가 하면 제82회에서는 송강 무리가 드디어 황제의 초무 조서를 받고 경사스러운 분위기에서 칙사를 모시고 삼일 연속 성대한 연회를 벌여 모두 만취토록 마시며 기쁨을 나눈다. 이 대목은 오랫동안 관군과 맞서온 양산박 무리가 조정의 군대로서 정체성의 대변화를 맞는 전환점을 이룬다.

한편 『수호전』에서 다른 어떤 음식보다 두드러지는 것은 바로 술이다. 송대에 대중화되기 시작한 차도 당연히 등장하기는 하나 비교컨대 그보다는 술 쪽이 압도적으로 비중이 높다. 술이 등장하는 장면이 600여 곳에 달하고, '술 주酒' 자가 2000회 이상 언급될 정도이니 술은 가히 『수호전』의 또다른 주역이라 할 만하다. 마음을 가라앉히고 차분하게 해주는 차보다는 기운과 흥을 돋우고 담을 키워주는 술이 자연 사나이들의 호기로움과 더 잘 어울리기 때문이리라. 실제로 술은 호한들이 가는 곳이나 그들의 만남과 모임에서 거의 빠지는 법이 없다.

특히 술은 힘을 솟구치게 하는 묘약처럼 묘사된다. 예를 들어 노지심은 "술 한 푼을 먹으면 한 푼의 힘이 나고 술 열 푼이면 열 푼의 힘을 쓰는"것으로 그려진다. 이 점에 있어서는 무송도 마찬가지여서 그 역시 이렇게 말한다.

내가 취해서 영 맥을 못 쓸까봐 걱정하지만 나는 도리어 술이 없으면 맥을 못 쓰오! 한 푼 술을 먹으면 한 푼의 힘을 내고 오 푼 술을 먹으면 오 푼의 힘을 내오. 열 푼의 술을 먹으면 어디서 그런 큰 힘이 오는지 나도 모르오.

이런 힘을 가지고 있는 것으로 묘사되는 술은 자연 인물의 성격이나 이야기, 분위기 등을 만들어내는 좋은 매개물 기능을 한다. 노지심이 술에 취해 오대산 문수원을 온통 난장판으로 만드는 소동도 술 때문이고, 커다란 수양버들을 맨손으로 뿌리째 뽑아내는 괴력을 선보이는 장면도 취기에 힘입은 것으로 묘사된다. 무송이 맨손으로 맹호를 때려잡는 이야기나 위세 떨던 장문신을 대번에 거꾸러뜨리는 것도 다 술의 도움을 빈 것으로 그려진다. 송강이 심양루의 벽에 '반역시'를 적는 중요한 사건도 취중에 대담해져서 벌인 일이다. 술만 마시면 난동을 부리는 이규는 그 때문에 종종 술 자제령이 떨어지면서 도리어 흥미로운 장면들을 빚어내곤 한다.

다소 다른 측면에서 한 가지 덧붙이자면 『수호전』에는 인육을 먹는 것에 관한 내용도 적잖게 등장한다. 손이랑과 장청張靑 부부가 운영하던 맹주도孟州道 십자파十字坡 주점에서 길손에게 약을 탄 술을

그림 6-3 모야차 손이랑이 인육 만두를 파는 장면. 남편인 장청張靑은 돌팔매의 명수 장청張清과 한자가 다르다.(『이탁오비평』)

먹이고 도살하여 인육과 인육 만두를 파는 이야기는 그 대표적인 예이다. 양산박의 정보 탐지 거점 역할을 하는 주귀朱貴의 주점도 비슷한 일을 하는 것으로 그려진다. 그런가 하면 이규가 자신을 사칭한 강도 이귀李鬼를 살해하고는 웃음 띤 얼굴로 그 인육을 구워 배불리 먹는 장면이나, 송강을 대역죄로 몰아간 간녕배 황문병黃文炳을 죽여 그 살을 구워 안주로 먹고 간으로 해장국까지 끓여먹는 대목은 소름 끼치도록 잔혹하기 짝이 없다. 앞서 살펴본 잔혹사와도 연결되는 지점인데, 이는 고대 전쟁 시기나 기아로 허덕이던 시절 종종 실제로 벌어지기도 했던 현실의 소설적 반영이라 할 것이다.

'큰 사발로 술을 마시고 큰 덩이로 고기를 먹는' 호한들의 로망은 그들의 야성과 어우러지며 호쾌함을 보여주는 면도 있지만, 폭음과

그림 6-4 양산박 세력이 대명부를 함락시킨 후 군사들에게 술과 음식을 주어 위로하는 호궤 장면. 사냥해서 잡아온 동물과 술단지가 보인다.(『이탁오비평』)

폭식은 종종 뒤탈로 이어지거나 잔혹한 폭력과 결부되기도 한다. 중국에서는 예로부터 식욕과 성욕을 인간의 양대 본성으로 인정해왔는데, 작품 속에서 성적 욕망은 억누르고 배제하다보니 상대적으로 음식에 관대하고 관심이 더 집중되는 경향을 보인다. 여하튼 『수호전』에서 음식 관련 요소들은 '음식 천국'의 시대적 풍습을 엿보게 해주고 이야기의 사실성을 더해줌과 동시에 다양한 서사적 기능까지 겸하고 있다고 할 것이다.

제7장

상호텍스트성으로 얽힌 4대 기서

해 아래 새것은 없다

『수호전』이 다양한 버전으로 출판되면서 소설로서 큰 인기를 누리기 시작한 것은 명대 후기부터이다. 『수호전』만 그랬던 것이 아니다. 『삼국지연의』 역시 비슷한 시기에 비로소 출판물로서 붐을 이루기 시작했다. 그런 열기를 뒤이어 소설 『서유기』와 『금병매』가 연이어 등장하면서 바야흐로 장편소설의 전성시대가 열리게 되었다. 이 네 작품은 각각 영웅소설, 역사소설, 판타지소설, 세정世情소설의 대표작으로, 갈래와 내용에서 많은 차이가 있지만 저마다 당시 장편소설 발전의 최고봉을 이룬 것으로 평가된다. 『삼언三言』이라는 유명한 단편소설집을 남긴 명말의 통속문학가 풍몽룡馮夢龍이 뛰어난 예술적 성취를 이룬 이 네 작품을 이른바 '4대 기서'라 병칭하여 오랫동안 인구에 회자되면서 이들 작품은 더욱 세인들의 주목을 받게 되었다.

흥미로운 것은 서로 다른 이 네 작품이 여러 면에서 음양으로 상호 연결되거나 친연성을 보인다는 점이다. 이야기의 연원으로 따지자면 한나라 말기에서 진晉나라의 성립으로 이어지는 역사를 다룬 『삼국지연의』가 가장 앞서고, 당나라 때 현장법사의 서역 여정을 소재로 한 『서유기』가 그다음이며, 북송 말의 이야기를 다룬 『수호전』과 『금병매』가 그 뒤를 잇는다. 그러나 이야기가 연행演行 예술화되고 소설화된 측면에서 보자면 『삼국지연의』와 『수호전』, 『서유기』는 비슷한 시기에 서로 유사한 이른바 세대누적형 형성과정을 거쳤다. 곧 이야기의 원형이 오랜 전파와 수용과정을 거치는 동안 점차 살이 붙고 변모되면서 거듭 새로운 모습으로 재탄생된 작품들이라는 공통점이 있다는 것이다.

『수호전』이 그랬듯이 『삼국지연의』와 『서유기』 역시 송대 도시 오락문화의 발전에 힘입어 함께 인기를 누렸고, 원대 공연예술의 발달로 이야기의 진화와 전파가 가속화할 수 있었다. 『대송선화유사』가 『수호전』의 중요한 원천이 되었듯이, 원대에 출현한 『삼국지평화三國志平話』와 『대당삼장취경시화大唐三藏取經詩話』라는 화본소설이 각각 『삼국지연의』와 『서유기』의 주요 토대가 되었다.

『금병매』는 사실상 최초의 개인 창작소설로서 『수호전』 이야기에서 갈라져 나와 다른 장르로 탈바꿈한 경우이다. 따라서 앞의 세 작품과는 형성과정에서 차이점이 있지만, 역시 시간이 흐르면서 새로운 판본들이 출현하며 다소 변형이 이루어졌다는 점에서는 상통하는 바가 있다. 이런 측면에서, 시대를 대표하는 이야기 콘텐츠들이 같은 문화적 환경을 공유하며 점진적인 형성과정을 거치는 가운데 자연스럽게 상호 교섭하고 영향을 주고받는 현상이 나타나게 된 것이다.

이들 이야기가 장편소설로 재탄생하고 각각 새로운 버전들이 거듭 만들어지던 시기에도 이는 마찬가지였다. 『수호전』과 『삼국지연의』의 경우 시내암과 나관중이 사제 관계이고 나관중이 어떤 방식으로든『수호전』창작에 기여했을 것으로 여겨진다는 점에서 양자 간의 상호작용은 피하기 어려운 일이었을 것이다. 그런가 하면 명말 이래『수호전』과『삼국지연의』가『영웅보英雄譜』라는 제목의 합본으로 간행되어 유행하기도 했다. 이 두 작품에 비해 상대적으로 늦게 출현한『서유기』와『금병매』에서 이미 베스트셀러였던『수호전』과의 영향 관계나 유사성이 드러나는 것도 크게 의아할 것은 없다고 할 것이다. 그러나 이들 작품이 모두 인기를 끌면서 다양한 버전으로 출판되던 시기에 이르면 영향의 선후 관계를 명확히 판별하기 어려운 양상이 나타나기 시작한다.

해 아래 새것이 없다는 말처럼 세상의 모든 텍스트는 서로 간의 영향으로부터 결코 자유롭지 못하다. 이른바 '영향의 불안'이란 표현은 이러한 현상의 보편성을 역설적으로 말해주고 있다.『수호전』역시 수많은 텍스트들에 빚진, 달리 표현하자면 거대한 텍스트의 관계망 속에서 형성되고 전파·수용되어왔던 것이다.

그렇다고 해서『수호전』의 명작으로서의 가치가 훼손되는 것은 아니다. 작품을 다른 작품들과의 상호 관계 속에서 읽는 시각은 텍스트를 좀더 입체적인 콘텍스트로 접근함으로써 오히려 읽기에 풍성함을 더해줄 수 있을 것이다. 다만 상호텍스트성 문제는 비단 4대 기서 사이의 관계에 머물지 않으며 4대 기서에 국한하더라도 상당히 복잡한 문제이므로 여기서는 대표적인 예들만 간략히 소개하기로 한다.

'삼국지'에 대한 오마주

우선 다른 작품에 비해 성격이 가장 유사한 『삼국지연의』와의 친연성이 두드러진다. 작자 관련 문제를 떠나서 역사 서사, 영웅 서사, 군담 서사 등의 측면에서 교집합을 이루는 면이 있는 데다 '삼국지' 이야기가 일찍부터 이런 부류 이야기의 대표적인 모델이자 인기 콘텐츠였다는 점이 큰 원인이었을 것이다. 그런 만큼 『수호전』에서는 '삼국지'에 대한 오마주라 할 만한 요소들이 곳곳에서 발견된다. 호한들이 설화인의 삼국지 공연에 몰입하여 구경하는 장면은 그 단적인 예라 할 것이다. 앞서 언급한 것처럼 송강, 오용, 이규가 인물형상 면에서 각각 유비, 제갈량, 장비와 유사한 캐릭터로 빚어진 점 역시 마찬가지다.

이들 외에 인물형상 측면에서 언급하지 않을 수 없는 캐릭터가 바로 관승關勝이다. 다른 인물들과 달리 관승의 경우 '삼국지' 인물을 연상케 하거나 그에 비견하는 정도에 머물지 않고 아예 드러내놓고 관우의 직계후손인 것으로 소개된다. 혈연적으로뿐 아니라 그 외모와 캐릭터 역시 관우와 빼닮았다. 9척에 가까운 장신에 대춧빛 얼굴, 봉황 같은 눈과 살쩍까지 뻗은 눈썹, 주사를 칠한 듯 붉은 입술, 세 가닥의 가늘고 긴 수염을 기른 모습이 영락없는 관운장의 형상이다. 여기에 적토마를 타고 청룡언월도를 쓰는 것도 똑같다. 어려서부터

六十老翁
大刀闊斧
軍備迺專 將之後昆
拜前將軍！

그림 7-1 관승은 아예 관우의
후손으로 설정되었다.(『엽자』)

병서를 읽고 무예에 통달했으며, 만부부당지용萬夫不當之勇과 넓은
도량까지 지닌 것으로 묘사된다. 무장으로서 모든 것을 완벽하게 갖
춘 셈이다.

관승은 포동浦東 순검巡檢이라는 지역 경비대장 정도의 중하급 무
관 신분으로 처음 등장한다. 양산박 무리가 옥에 갇힌 노준의를 구
출하기 위해 대명부를 에워싸자 위기를 구할 관군의 용장으로 관승
이 특별히 천거되어 출병하는 것으로 묘사된다. 송강은 관승이 이끄
는 관군과 마주했을 때 그 모습을 보고 싸우기도 전에 감탄하며 고
의로 공격의 고삐를 늦추면서 그를 영입할 수만 있다면 산채 주인
자리를 넘기겠다고까지 한다. 송강 무리는 결국 계략을 써서 그를

양산박에 가담하게 만든다. 관승에 대한 이런 '특별대우'는 '삼국지' 이야기의 인기는 물론이고 '충의'의 화신이자 무성武聖으로 신격화된 관우 신앙과도 연관되어 있다. 실제로 관우는 북송 휘종 시기에 무안왕武安王으로 봉해지고 무왕묘武王廟에 봉안되면서 비로소 관련 신앙이 본격화되었다. 『수호전』에서도 관우를 관보살關菩薩이라고 부르는가 하면 관승의 조상을 신神이라고 언급하는 것에서 이를 엿볼 수 있다. 이렇게 볼 때 관승이라는 인물의 설정은 관우 숭배 신앙과 연결지어 독자의 관심을 유도하면서 동시에 양산박 무리를 미화하고 정당화하는 데 기여하고 있다고 할 수 있다.

관운장 같은 외모를 지니고 긴 수염을 길렀다 하여 미염공美髯公이라는 별명을 지닌 것으로 묘사되는 주동의 경우도 관우의 이미지가 덧입혀진 또 하나의 예이다. 그 밖에 양웅의 경우 관우의 아들 중 하나인 관색關索에 비유하면서 병관색病關索이라는 별명을 지닌 것으로 그려진다. 얼굴이 누렇다 해서 '병' 자를 붙였다지만 실제로는 더 낫다는 의미를 지녔다. 참고로 전설상의 인물인 관색 이야기는 '삼국지' 본 이야기와는 별도로 만들어져 연행예술 및 관련 텍스트로 유행하다가 『삼국지연의』 후대 판본에 편입되었다. 『대송선화유사』에서도 양웅을 '새관색賽關索'이라고 한 것으로 보아(여기서 새賽도 병病과 마찬가지로 더 낫다는 의미이다) 『수호전』에는 이른 시기에 관련 전설이 영향을 미친 것으로 추정된다.

한편 임충은 장비에 비유하여 소장비小張飛라는 별명이 따라다

닌다. 장비처럼 표범의 얼굴을 가졌다고 해서 '표자두'라는 별명을 지닌 것이나 주 무기로 장팔사모丈八蛇矛를 쓰는 점도 닮았다. 여방呂方의 경우도 유사한 예에 해당한다. 여포呂布를 좋아하여 그를 따라 방천화극을 배웠다고 하고 그래서 '온후溫侯'로 봉해졌던 여포의 작위명을 따라 '소온후小溫侯'라는 별명을 지닌 것으로 그려진다.

그런가 하면 '삼국지'의 적벽대전을 그대로 카피했다고 할 만큼 유사한 대목도 등장한다. 양산박 세력이 고구가 이끈 대규모 관군을 세 번째로 완파하는 대목이 그것이다. 수많은 전선戰船들을 서로 연결하여 대규모 공격을 시도한 고구의 군대를 오용과 공손승이 합작

그림 7-2 양산박 세력이 고구의 수상 공격을 화공으로 물리치는 장면. '삼국지'의 적벽대전을 그대로 카피했다고 할 만큼 유사하다.(『이탁오비평』)

하여 바람의 힘을 빌어 화공火攻으로 대패시키는 것으로 그려지고 있는 까닭이다. 그런가 하면 공손승이 제갈공명의 진법을 본받아 전투에 활용하는 것으로 묘사되고 있기도 하다. 그 외에도 '삼국지'와 관련된 비유나 언급들이 적지 않으며, 겉으로 잘 드러나지는 않지만 상호 친연성을 보이는 면들도 많다.

그렇다고 해서 『수호전』이 일방적으로 소설 『삼국지연의』로부터 직접 영향을 받았다고 단정하기는 곤란하다. 두 작품 중 어느 작품이 먼저 소설화되었는지는 밝혀지지 않았고, 『수호전』이 더 먼저 지어졌을 가능성이 큰 까닭이다. 게다가 명·청시대 사람들은 오히려 『삼국지연의』가 『수호전』을 모방한 것으로 보는 경향이 있었고, 심지어 모방을 했으되 예술적인 면에서 미치지 못했다는 평가를 하기도 하였다. 『수호전』에 드러나는 '삼국지' 관련 요소들은 상당 부분 기존의 이야기나 『삼국지평화』 같은 관련 텍스트의 영향을 받았을 가능성이 많으며, 일부는 『삼국지연의』가 장편소설로 지어지고 『수호전』 역시 버전이 계속 바뀌어나가는 과정에서 추가되었을 것이다. 물론 전통 시기의 시각과 마찬가지로 『수호전』이 오히려 『삼국지연의』에 일정한 영향을 주었을 가능성을 제기하는 견해도 여전히 존재한다.

삼장법사 일행 vs. 108호한

『서유기』의 경우 언뜻 보기에는『수호전』과 별 관계가 없어 보일 수 있고 실제로도『삼국지연의』와의 관계만큼 두드러지지는 않지만 역시 상호 관계 및 유사성을 보인다. 먼저 인물형상에 있어서 삼장법사는 유약하고 무능력하면서도 추앙받을 만한 덕목을 지닌 리더로서의 모습이 송강을 닮았다. 우둔하고 거칠면서 희극적인 캐릭터인 저팔계는 이규와 비슷하며, 좌충우돌하는 괄괄함과 정의감을 지닌 손오공의 캐릭터는 노지심 같은 인물과 유사함을 보인다. 그런가 하면 무송의 별명인 '행자行者'는 삼장법사의 제자로서 손오공의 별칭이기도 하다. 무송이 머리에 쓴 철계고 역시 손오공의 긴고아繁箍兒를 닮았고, 무송에게 덧씌워진 불교적 이미지 역시 손오공과 상통하는 바가 있다.『수호전』에 행각승 차림으로 변장한 무송을 손오공에 비유하는 언급이 등장하기도 한다.

내용적 측면에서 보자면 노지심이 술에 취해 오대산 문수원을 크게 소란케 하는 대목은 손오공이 천궁을 발칵 뒤집어놓는 대료천궁大鬧天宮 이야기와 닮은꼴이다.『서유기』제18회에서 손오공이 저팔계가 강제로 아내로 삼으려던 고로장高老莊의 고태공高太公 막내딸로 변신하여 저팔계를 굴복시키면서 두 인물이 처음 만나는 대목이 있다. 이는 노지심이 유태공의 딸을 구하기 위해 신부로 가장해 후에 108인의 하나가 되는 도화산 도적 주통周通을 혼쭐내주고서 서로 인연을 맺게 되는 장면과 흡사하다. 또 『서유기』 제39회에 보이는 우는 모습의 몇 가지 유형에 대한 손오공의 말은 『수호전』에서 무대랑이 독살된 후 반금련의 거짓 울음에 관한 서술과 표현이 일치하며, 이 대목은 『금병매』에서 다시 그대로 재현되기도 한다.

표면적인 관계나 유사성 외에 전체적인 서사구조에 있어서도 유사성을 드러낸다. 우선, 삼장법사 일행과 108호한이 모두 천상에서 하계에 내려왔다든지 하는 신이한 존재들로 설정되는 초현실적 이야기 틀을 적용한 점에서 공통점을 보인다. 권력에 저항하다가 결국 몸을 굽히고 기존 질서를 위해 분투하면서 험난한 과정을 거쳐 공을 이루고 신성한 존재로 거듭나는 전반적인 이야기 구도도 닮은꼴을 이루고 있다. 『서유기』의 원 이야기는 『수호전』의 그것에 앞서지만, 장편소설로서 이러한 서사 패턴은 선행 텍스트이자 장편소설을 개도하고 그 전범이 된 『수호전』의 영향을 받았을 가능성이 크다.

겹치기 출연하는 등장인물들

『금병매』와는 또다른 관계 양상을 보인다. 『금병매』는 『수호전』의 '무송이 호랑이를 때려잡는(무송타호) 이야기' 및 '반금련과 서문경의 이야기'를 직접 끌어와 환골탈태한 작품이다. 그로 인해 『수호전』의 인물들이나 관련 내용이 상당 부분 그대로 차용되고 있다. 다만 무송의 활약에 중점이 있는 『수호전』의 해당 대목과는 달리 서문경과 반금련 및 그 주변 인물들의 이야기에 초점이 맞춰져 있다. 그러면서 세밀한 필치로 인간 욕망의 민낯을 적나라하게 드러내는가 하면, 그로 인해 철저한 파멸로 이어지는 결말을 통해 경종의 메시지를 던져주기도 한다. 흔히 도색소설로서 인식되는 경향이 있지만, 실제로는 탐욕으로 가득한 전통 시기의 혼탁한 사회상에 대한 예리한 풍자와 비판의 시각을 견지한 일종의 사회소설의 면모를 지니고 있다. 『수호전』의 영향과 더불어 명말 장편소설의 비약적 발전이 자연주의적 사상 등 당시의 문화적 맥락과 만나면서 이 같은 새로운 갈래의 문제작을 낳게 된 것이다.

그러나 『금병매』가 『수호전』으로부터 일방적으로 영향만 받은 것은 아니다. 거꾸로 『금병매』가 『수호전』에 영향을 주기도 했을 것이라는 합리적 의심을 갖게 하는 지점들도 있다. 예를 들어 『수호전』에서는 다소 튀는 느낌을 주는, 여자를 '낚는' 묘책에 대한 왕 노파

그림 7-3 서문경이 반금련과 사통하는 장면. 『수호전』과 『금병매』는 상호 영향을 미쳤다.(『이탁오비평』)

의 일장연설은 『금병매』의 해당 대목을 그대로 베껴온 것으로 추정된다. 금욕주의적 경향을 보이는 『수호전』에 간간이 끼어 있는 여성의 신체에 대한 관음적 시각의 묘사들도 마찬가지이다. 대표적인 예로 석수의 눈에 비친 '형수' 반교운의 외모 묘사는 『금병매』의 반금련에 대한 묘사와 거의 일치한다. 이러한 예들은 『수호전』의 필치보다는 『금병매』의 그것에 더 가까워 역영향 가능성을 보여준다. 『수호전』이 명말에 거듭 수정되고 다듬어지는 과정에서 얼마든지 발생 가능했을 현상인 것이다.

이와 같이 『수호전』은 '수호' 이야기 계통 내부의 선후 관계를 넘어서 영웅소설은 물론 다른 갈래의 텍스트들과도 직간접적인 영향을 주고받으며 형성되고 전파되었다. 이는 기본적으로 『수호전』, 나아가 4대 기서의 '작자들'이 작자이기 전에 인기 콘텐츠들에 대한 열성 관중이자 독자이기도 했던 것과 큰 관련이 있다고 할 것이다.

당시 저작권이나 표절 개념이 모호한 가운데 출판 및 독서 시장은 놀라울 정도로 발전해 있었기에 텍스트 간의 상호작용이 매우 활발하게 이루어질 수 있었다. 이처럼 텍스트 간에 직간접적인 영향을 주고받으면서 의도적인 오마주 현상이 나타나기도 하고 의도적이든 아니든 원천 서사에 대한 패러디가 이루어지고 아이러니를 낳기도 하였다. 텍스트 상호 간의 교호 작용으로 새로운 이야기와 의미가 생산된 이런 양상은 일종의 중층적 읽기를 유발하면서 독서의 묘미를 더해준다.

제8장

영웅들의 말로와
중화주의의 그림자

양산박 무리의 비참한 최후

중양절 연회에서 송강의 초무 주장에 대해 일부 호한들이 보인 예민한 반응은 괜한 것이 아니었다. 송강의 바람대로 결국 초안을 받아 조정의 군대로 변신하지만 그들을 기다리고 있는 것은 꽃길이 아니었다. 양산박 무리가 관군으로 온전히 거듭나는 것조차 어려운 일이었다. 도적 출신이라는 원죄로 인해 그들은 견제와 구속, 차별의 굴레 속에서만 운신할 수 있었다. 외적과 내란 평정에 큰 공을 세우며 승승장구하지만 그에 걸맞은 보상은 이루어지지 않고 계속 유예된다. 그들을 양산박에 모이게 했던 간신들이 끊임없이 그들을 의심하고 의도적으로 폄훼하며 배제하려 한 까닭이다. 당연히 호한들의 원망은 쌓여만 간다. 이런 구도 속에서 호한들이 해피엔딩을 맞는 것은 애당초 기대하기 어려운 일이었다. '의'와 '충'의 갈등이 결국 비극으로 귀결됨은 피할 수 없는 숙명과도 같은 것이었다.

양산박 무리의 쓸쓸한 말로는 왕경을 진압하면서부터 징조를 드러내기 시작한다. 작품 속에서 호한들은 종종 기러기 떼에 비유되곤 하는데, 왕경 정벌 후 복귀 도중 추림도秋林渡에서 기러기 떼가 애처로운 소리를 내며 산산이 흩어지는 가운데 연청이 10여 마리를 활로 쏘아 떨어뜨리는 일이 벌어진다. 이로 인해 송강은 깊은 수심에 잠기는데, 이는 호한들이 뿔뿔이 흩어지고 비참한 운명을 맞게 될 것을 암시하는 상징적 사건이다. 아니나 다를까 동경으로 귀환 후 공손승이 108인 가운데 처음으로 무리를 떠나게 된다.

생각하면 전에 형제들이 모여들 때는 꽃이 피어나는 것 같더니 오늘 형제들이 떠나려 하니 마치 꽃잎이 시들어 떨어지는 것 같구먼.

공손승이 떠날 뜻을 밝히자 송강이 눈물을 흘리며 토로하는 말은 자못 의미심장하게 다가온다. 불가항력의 위기에 봉착할 때마다 혁혁한 공을 세웠던 핵심 인물 공손승의 이탈이 현실화하면서 108인의 운명에 어둠이 드리워질 것을 예견하는 말로 비치는 까닭이다.

공손승의 떠남은 시작에 불과했다. 그동안 단 한 명의 낙오자 없이 승승장구해오던 호한들이 방랍 정벌 과정에서는 추풍낙엽처럼 쓰러져간다. 호한들이 목숨을 잃을 때마다 송강이 눈물을 흘리고 울민에 휩싸이는 일이 거듭 재연되면서 작품 결말부는 그야말로 음울한 분위기의 연속이다.

방랍 정벌은 끝내 성공하지만 그 대가는 너무나 컸다. 정벌 과정에서 살아남은 자는 셋 중 하나에 불과했다. 그런가 하면 방랍 진압 후 잠시 항주 육화사에 머물던 노지심이 홀연 깨달음을 얻고는 그대로 입적하고, 한쪽 팔을 잃은 무송도 노지심을 따라 육화사에 남아 출가하게 된다. 이준李俊 등 몇 사람은 바다를 건너 이역으로 떠나가고, 연청도 자유를 찾아 어디론가 사라지며, 몇몇은 병에 걸려 죽는다.

그림 8-1 요나라를 공격하는 송나라 군대.(『수호전전』)

그림 8-2 송이 요나라의 항복을 승인하는 조서를 내리는 장면.(『이탁오비평』)

그림 8-3 쌍림도에서 연청이 기러기를 활로 쏘아 떨어뜨리는 장면.(『이탁오비평』)

그림 8-4 항주 육화사에서 노지심이 입적하는 장면.(『이탁오비평』)

결국 소수의 호한들만이 개선하여 드디어 그리 높지 않은 작위와 벼슬을 각기 받게 되지만, 상당수는 그나마도 내려놓고 평민이 되거나 신앙에 귀의하는 등 자유로운 삶을 찾아 나선다. 그럼에도 불구하고 고구 등 간신들은 여전히 송강 등을 경계하면서 끝내 그들을 없앨 계략을 꾸미기에 이른다. 먼저 노준의가 독살되고, 이어서 송강도 독주를 하사받는다. 송강은 이규가 반란을 일으킬 것을 우려해 그를 불러다 함께 독주를 마시고 세상을 떠난다. 꿈을 통해 이를 감지하고 찾아온 오용과 화영도 그들의 죽음에 비통해하며 목매어 자결하고 만다. 양산박 무리의 충의의 이상은 이로써 허망한 비극으로 막을 내린다.

그들은 왜 귀순하여 이런 비참한 최후에 이를 수밖에 없었을까. 양산박 집단의 방향성에 있어서 송강의 지향에 따르면 귀순으로 갈 수밖에 없고, 이규 등의 반항 정신에 따르면 결국 체제전복으로 나아갈 수밖에 없으며, 오용의 현실주의적 판단에 따르면 요나라 같은 외세에 투항하는 것이 답이었다. 이준 무리가 해외로 떠나는 것 등은 개별적인 선택이지 양산박 집단 전체의 방향성과는 거리가 있다.

리더 송강은 이 가운데 의와 충의 갈등을 감수하며 양자를 겸하는 쪽을 택한 것이고, 이는 하늘의 뜻으로 포장되기는 하지만 송강 마음 한켠의 야망에 기인한 것이기도 했다. 그들이 귀순을 택한 이상 악의 축인 간신들과의 대립 구도를 스스로 포기한 것이나 마찬가지이고, 결국 기대와는 달리 자신들이 지키려던 그 틀 안에서 이용당하다 버려지는 도구 신세를 면치 못한 셈이다. 다음과 같은 루쉰의 논평도 바로 이런 점을 지적한 것이다.

"『수호전』은 전반적으로 다음과 같은 점을 분명히 보여준다. 황제에 반기를 들지 않았기에 조정의 대군이 당도하자 초안을 받아들이고 나라를 위해 다른 도적, 곧 '하늘을 대신해 도를 행하지' 않는 도적들 소탕에 나선 것이다. 결국은 노예였던 것이다"(『삼한집三閑集』 「부랑배의 변천流氓的變遷」).

그렇다면 호한들 태반이 전사하고 떠나가는 대목은 왜 요나라가 아닌 방랍 정벌과 연결되어야 했을까. 방랍의 난이 북송 멸망의 실질적 결정타였다는 시각이 있기도 하지만, 실제로 건국 초기부터 북송을 가장 위협했던 것은 한때 '캐세이Cathay'라 불리며 중국 이상으로 세계적 명성을 떨쳤던 '키타이Kitai' 곧 거란족의 요나라가 아니었던가. 양산박 무리가 천고의 영웅이 되고 그 결말이 더 장렬한 비극이 되려면 먼저 이런 강대한 외세를 멋지게 물리치는 대공을 세우게 하는 전략이 필요했을 것이다.

더 중요한 것은 '중국'이 요나라 등 이민족 국가들로부터 많은 것을 빼앗기거나 위협받는 와중에도 여전히 그들을 오랑캐로 보는 인식에서 벗어나지 못했다는 점이다. 도적 출신들일지라도 이른바 천조天朝의 관군이 오랑캐 세력에게 궤멸 수준의 타격을 받는다는 설정은 정서상 용납될 수 없었을 터이다.

세상의 중심이라는 세계관

이쯤에서 『수호전』의 화이관華夷觀과 그 의미를 아울러 짚어볼 필요가 있다. 주지하다시피 '중국'은 그 명칭에서 그대로 드러나듯 예로부터 세상의 중심이란 의식이 뿌리 깊었다. 또 '중화中華'라는 말에는 세계의 중심이자 문명적으로도 우월하다는 의미가 담겨 있다. 그런 문명의 교화를 받지 못한 주변 사방의 나라와 족속들은 미개하고 야만적인 오랑캐[夷]로 간주되었다. 중국이 스스로와 주변을 바라보는 화이론적 세계관은 이처럼 차별적이고 위계적인 것이었고, 이런 인식의 역사는 전통 시기 내내 기본적으로 변함이 없었다. 강대한 주변 세력에 둘러싸여 있던 송대에는 이런 인식이 오히려 더 두드러졌다. 몽골족에게 중원을 내주었다가 되찾은 명대에도 크게 다르지 않았다.

우리가 흔히 중화주의라고 표현하는 이런 '중국' 중심적 세계관은 『수호전』에도 어김없이 드러나 있다. 황제가 양산박 무리에게 내린 조서 가운데 "온 천하에 우러러보지 않는 신하가 없도다"라는 상상의 레토릭이 등장하는가 하면, 초무를 경축하는 어연御宴에서는 '태평세월 만국에서 찾아와 조배하다'라는 제목의 잡극 공연이 벌어지기도 한다. 빈번히 등장하는 '천자'나 '천조', '천병天兵' 등의 표현들에도 하늘로부터 선택받은 중심 국가라는 우월적 천하관이 배어 있는 것은 물론이다.

이에 비해 요나라 같은 '외국'에 대해서는 비하 관념이 드러난다. '요나라 도적(遼賊)'이라고 표현하는 것이 가장 대표적이고, 그 밖에도 울타리, 나아가 주변 민족이나 국가를 뜻하는 '번(番=藩)'자, 곧 '중국'을 중심으로 상대방을 주변화·타자화하는 시각이 배인 수식어가 달린 '번방藩邦'이니 '번관藩官', '번장藩將', '번적藩賊' 등의 표현도 무수히 등장한다. 이런 양상은 요나라가 투항하는 대목에서 가장 두드러진다. 요나라가 항복한 후 '중국' 황제의 조서를 받들고 '군신君臣'의 예를 했다고 언급하고 있고, 요나라 군주 야율휘耶律輝가 '중국'에 올린 표문表文에서는 '중국'적 시각이 여과 없이 드러난다.

신은 북방의 사막에서 태어나 번방에서 자랐는지라 성인의 경전을 읽지 못하고 강상綱常의 예를 모르는 데다, 좌우에는 문무를 아는 체하는 승냥이 심보를 가진 무리들이 적지 않고, 앞뒤에는 재물만 탐내는 용렬한 도당들뿐이옵니다. 소신이 어리석고 수족들이 광란하여 강토를 침범한 데서 천명의 단죄를 초래하게 되었고 망령되게 인마를 내몬 데서 왕실의 군사들에게 수고를 끼쳤나이다. 개미가 어찌 태산을 흔들 수 있사오리까. 갈래갈래의 물은 대해로 흘러들기 마련이오라 당돌한 일이오나 오늘 위엄스러운 천자 앞에 특히 사신 저견褚堅을 보내어 땅을 바치고 사죄하옵나이다. 성상께서 보잘것없는 미물들을 가엾게 여기시어 조상의 유업을 버리지 않게 해주시고 죄를 사면하시어 앞날을 새로이 도모하게 해주신다면 물러가 융적戎狄의 번방을 지키면서 영원히 천조를 지키는 장벽이 되려 하나이다. 그러면 우리의 노소들은 세상에 재생한 것 같이 여기고 자자손손 길이길이 황은에 감사할 것이옵나이다. 그리고 해마다 어김없이 공납을 바치겠나이다. 신 등은 지금 형언할 수 없이 전율하면서 이에 삼가 아뢰나이다.(제89회)

요나라 황제가 몸을 한껏 굽히고 칭신하면서 스스로가 오랑캐 땅에서 나고 자라 성현의 경전을 읽지 못하여 삼강오상의 예를 모른다고 하는가 하면, 물러나 융적의 번방을 지키며 영원히 천조를 지키는 보호막이 되겠다고 하고 있다. 양국의 관계를 문명과 야만, 상하존비의 관계로 그린 것인데, 기실 북송과 요는 대등한 외교 관계를 맺고 송이 도리어 요에 매년 상당량의 세폐歲幣를 바쳐 평화를 유지하는 상황이었다. 그러니 소설의 이런 묘사는 아전인수적인 중화의식이 잘 드러나는 예라 할 것이다.

그러나 다른 한편으로는 일종의 상대적 인식이 드러나기도 한다. 강대한 주변 세력에 둘러싸여 열세에 놓여 있던 송대에 비로소 오랑캐들을 하나의 '외국'으로 보면서 '중국' 스스로를 상대화하는 의식이 생겨났는데, 소설 속에도 이러한 의식이 일정 정도 반영되어 있는 것이다. 요나라를 정식으로 '요국遼國'이라 지칭하면서 이에 상대되는 국호로서 스스로를 '중국中國'이라 칭하기도 하는 데서 그 일단을 엿볼 수 있다.

　심지어 요나라가 '중국'을 비하하는 시각이나 표현들까지도 묘사되고 있다. 예를 들어 요나라가 스스로를 대국이라 칭한다든지 '중국'을 남쪽 오랑캐란 뜻의 만蠻이라 부르는 표현이 빈번하게 등장하며, 심지어 송 황제를 동자童子 황제라 얕잡아보기까지 한다. 오용이 요나라에 투항하자고 제안하는 것도 역시 이러한 맥락의 연장선상에서 이해할 수 있다. 이는 송 이후 크게 바뀐 국제질서의 현실과 그에 대한 인식이 소설적으로 반영된 흔적들이라 할 것이다. 요컨대 화이론적 천하관과 상대주의적 현실 인식이 복합적으로 드러나는 양상을 보인다.

　이런 두 가지 측면이 얽히면서 일종의 민족주의 내지 국가주의적 경향성이라 할 만한 것들이 나타나기도 한다. 이는 주로 역사상 '중국'에게 가장 위협적이었던 북방민족들에 대한 경계의식과 결부되어 나타난다. 단적인 예로, 양산박 무리가 귀순 후 처음으로 정벌하는 것이 요나라이다. 실제 역사와는 달리 가장 적대적인 관계에 있던 세력을 완파하여 항복을 받아낸다는 설정은 일종의 보상심리가 배어 있는 것이라 할 수 있다.

　한편 북송에게는 사실상 요나라와 굴욕적으로 맺은 전연지맹澶淵之盟의 경우, 당시 북송이 우위에 있던 상황에서 요나라를 몰아붙이지 않고 화친으로 양보해준 한스러운 일로 보는 시각이 드러나기도 한다. 상반되는 내용의 사료들이 공존하는 가운데 '중국'에 유리한

쪽을 취해 이야기하는 이런 관점 역시 유사한 맥락에서 이해될 수 있다.

요나라에 이어 부상했던 금나라의 위협에 대한 경계의식은 의외로 두드러지지는 않지만 일부 드러나는 것도 마찬가지다. 전호 세력이 금나라와 결탁할 가능성이나 금에 대한 투항론이 언급되기도 하는 것이 그 일례이다. 호연작呼延灼과 주동, 장청張淸의 아들 등이 방랍 정벌 후 금나라와 싸워 큰 무공을 세웠다는 후일담도 상통하는 예들이다. 이상의 요소들은 『수호전』 이야기 결말 직후 북송이 금나라에 의해 멸망했던 역사적 사실과 결코 무관하지 않다고 할 것이다.

'나라를 지킨다[護國]', '외적[外夷]을 물리친다', '변경을 방어한다' 등 경계심이 깃든 표현들도 종종 등장하는데 이 역시 같은 맥락에서 이해할 수 있다. 그런가 하면 소이광 화영처럼 흉노를 위협했다는 한나라 명장의 이름과 이미지를 소환하는 식의 예도 민족주의적 정서에 호소하는 측면이 있다. 송강에게 하늘의 뜻과 천서를 내려주는 구천현녀는 중화민족의 시조로 추앙되는 황제黃帝가 동이계의 치우蚩尤와 결전을 벌일 때 승리할 수 있도록 도와줬다는 여신이기도 하다. 지금은 사실상 쓰이지 않는 대송大宋이란 표현이 수없이 등장하는 것 역시 이상의 요소들과 맥이 닿아 있다고 할 것이다.

이러한 경향성은 수호 이야기가 형성되고 소설화되는 과정에서 시대적 맥락이 반영됨으로써 점차 모습을 갖추게 된 것으로 보인다.

이야기의 배경인 북송 말기라는 시기 자체의 특성이 그러하고, 수호 이야기가 유행하기 시작한 남송 시기는 금나라에게 멸망한 직후였으며, 수호 관련 희곡 등이 성행한 원대는 몽골 지배하에 있었다. 소설로 창작된 시기는 몽골 지배에 원한이 사무쳤던 원말명초 무렵이었으며, 소설로서 다양한 판본을 낳으며 크게 유행하기 시작한 명대 후기는 새로이 부상한 만주족이나 동남 연해 지역의 왜구 침략 등으로 중화의식이 다시 부각되던 시기였다.

이런 맥락 속에서 호한들이 소설 속 영웅으로 재탄생하여 널리 환영받기 위해서는 중화주의 내지 민족주의적 관념 틀에서 벗어나기 어려웠을 것이고, 오히려 그런 면모가 더 요구되었을 터이다. 『수호전』에서 '충'이 제일의 가치로 내세워지게 된 것은 당연한 귀결이었다고도 할 것이다. 또 그들이 비극적 결말을 통해 천고의 영웅이 되는 것이나 그로써 역설적으로 더 부각되는 충의의 가치도 결국 이러한 틀 내의 산물인 셈이다. 그리고 이는 민간의 이야기와 문인 작가, 나아가 독서층의 가치관·세계관 등이 결합되고 절충된 결과물이다.

이처럼 『수호전』은 '중국'의 민족주의 영웅 서사의 측면에서도 중요한 위치에 있는 것이며, 그렇다 보니 그들의 비극이 던져주는 의미와 가치가 더 보편적인 차원으로 승화되지 못하는 것은 다소 아쉬운 지점이다.

제9장

국내 초장기
베스트셀러,
『수호전』

조선의 새로운 문화적 트렌드

『수호전』은 중국은 물론 한자문화권인 동아시아를 중심으로 널리 읽혀왔다. 4대 기서 가운데 특수한 경우인『금병매』를 제외하고 유교적 명분을 중시해온 한국에서는『삼국지연의』가, 사무라이의 문화가 있는 일본에서는『수호전』이, 불교문화가 강했던 베트남에서는『서유기』가 가장 애독되었다는 평가가 있다. 대략적인 비교이지만 각국의 특성과 관련된 흥미로운 차이를 엿보게 해주는 대목이다.

국내에서는 지금도 두터운 독자층을 거느린『삼국지연의』의 독보적 지위에는 못 미쳐도『수호전』역시 오랜 세월 그에 버금가는 인기를 누려왔다. 현전하는 전통 시기 중국 소설 관련 기록들을 살펴보면 가장 대표적인 중국 소설의 하나로 늘『수호전』이 거론되고 있다.

근대에도 마찬가지였다. 일례로 일본 학자 다나카 우메키치田中梅吉가 1911년에서 1912년 사이 조선에서 가장 인기 있었던 소설류 작품을 조사한 결과 중국 소설 중에는『수호전』이『삼국지연의』다음인 2위로 집계된 바 있다. 그 인기와 명성은 현대 시기에도 이어져 지금에 이르고 있다.

『수호전』의 국내 최초 유입 시기는 분명치 않으나 17세기 초 전후로 유입되어 읽히기 시작한 것으로 추정된다.『수호전』에 관한 지금까지 확인된 가장 이른 기록이『홍길동전』의 작자로도 알려진 허균

(1569~1618)의 논평인 것에서 이를 대략 가늠해볼 수 있다. 명대 말기 중국에서 『수호전』 출판이 성행하면서 자연스럽게 조선으로도 흘러들어왔던 것이다. 허균은 기존 중국 비평가들의 견해를 참고하여 자신의 문집에 두 차례에 걸쳐 『수호전』에 대해 언급했는데, 첫 번째는 혹평을 가했지만 이후 두 번째는 자못 호의적인 입장의 논평을 인용하여 그사이 작품에 대한 태도에 변화가 생겼던 것으로 추정된다. 여하튼 그의 관련 기록은 『수호전』이 문제작으로서 조선 문인의 관심을 끌기 시작했음을 보여주는 중요한 단서가 되고 있다.

이후 『수호전』은 17세기에 이미 조선에서도 주목받는 책이 되며, 중국 소설이 대량으로 유입되어 본격적인 인기를 끌었던 18세기 이후에는 지금과는 비교가 안 될 만큼 큰 인기를 누리며 각계각층이 향유하는 주요 작품으로 자리잡는다.

숙종 33년(1707) 어느 날 경연經筵 자리에서 지사知事 이인엽李寅燁은 숙종에게 이렇게 아뢴다. "이번 특별 무과 시험[관무재觀武才]에서는 말을 타고 창술을 겨루도록 하셨는데, 무사들이 창술에 익숙지 않아 창날로 겨루다보면 다칠 우려가 크니 어떻게 하면 좋겠습니까?" 이에 숙종이 "그 날카로운 날을 버리고 한 사람은 흰 옷을, 한 사람은 검은 옷을 입게 하여 말을 타고 교전한 뒤 흑백으로 승부를 결정하면 좋을 것이다"라고 하자, 이인엽은 "이 일은 『수호전』에 보이니 그에 따라 처리하겠습니다" 하고 답한다. 『조선왕조실록』의 기록이다.

숙종이 제시한 해결책은 『수호전』 제12~13회에서 양지가 주근周謹, 색초素超와 무예 대결을 벌일 때 상대에게 상해를 입히지 않기 위해 썼던 방식을 거의 그대로 적용한 것이다. 국왕과 신하 간의 공식적인 의사소통에서 『수호전』의 내용이 활용되고 있는 점에서 눈길을 끄는 대목이다. 군신 간의 공식적인 논의 자리에서 거론될 만큼 『수호전』은 당시 국내에 이미 깊숙이 들어와 있었음을 보여주는 단적인 예라 할 것이다.

중국에 간 사신들의 연행록에는 『수호전』에 등장하는 지역을 지나면서 감상을 남기거나 수호 이야기 공연을 본 견문 등이 언급된 경우가 많다. 18세기 이후 하나의 관례가 되다시피 한 것도 흥미롭다. 당시 사대부나 지식인 계층 사이에서 『수호전』이 매우 익숙한 책이자 관심을 끄는 대상이었음을 잘 보여주는 측면이라 할 것이다. 이런 현상은 중국본 『수호전』의 주요 유입 경로가 연행 사절단의 왕래였던 것과도 무관하지 않았을 터이다.

물론 도적 무리의 이야기를 다룬 작품이고 보니 그에 대한 찬반 양론이 팽팽히 맞서기도 했다. 그 예술성을 높게 평가하는 긍정적인 입장이 있었는가 하면, 질서와 윤리를 해치는 불온한 책으로 보는 상반된 시각이 공존했던 것이다. 그러나 어느 쪽이든 『수호전』이 그만큼 이슈가 되는 소설이었음을 방증해준다. 이처럼 『수호전』은 국왕과 왕실, 사대부에서 부녀자들에 이르기까지 널리 읽혔고, 특히 임진왜란, 병자호란 등 민족적·민중적 수난을 겪으면서 영웅의 출현을 고대하는 민간의 염원과 더불어 영웅소설의 대표작으로서 자리 잡게 된다.

국내에서『수호전』은 일반인들에게 '수호지'라는 이름으로 더 널리 알려져 있는데, 이것은 국내에서 생겨난 일종의 와전이다.『서한연의』가 국내에서 '초한지'로 불리게 된 것과도 유사한 현상이라 할 수 있다. '수호전'과 '수호지' 두 명칭은 17세기부터 줄곧 혼용돼왔는데 결국 대중들에게는 수호지라는 명칭이 더 익숙한 것으로 자리 잡게 된 것이다.

잠시 부연하자면 소설의 명칭 또는 일종의 기록 양식으로서 '전傳'은 인물에 주안점을, '지志'나 '기記'는 사건에 주안점을 두는 경향이 있다고 개괄할 수 있다.『수호전』의 경우 의미상 '수호영웅전'이라는 의미로 붙여진 이름이라고 이해하면 크게 무리가 없을 것이다. 다만 소설이 장편화되면서 많은 인물과 사건을 다루게 되다보니 이런 구분은 자연 그 기준이 모호해질 수밖에 없었다. 같은 소설에 서로 다른 명칭이 붙여지는 것은 매우 흔한 일이었는데, 이 역시 일정 부분 그러한 이유 때문이다. 따라서 '수호지'라고 부르는 것은 와전이기는 해도 잘못된 명칭이라고 할 수는 없다.

그렇다면 국내에서는 왜 '수호지'라고 불리게 되었을까. 우선 '수호지전평림水滸志傳評林'이나 '충의수호지전忠義水滸志傳' 같은 제목을 가진 명대 판본들이 여기에 영향을 주었을 가능성이 있다. '삼국지', '열국지' 같은 인기 역사소설 명칭의 영향도 있었다고 봐야 할 것이다. 또 한글 번역본의 영향도 적지 않았을 것으로 생각된다. 현재 제목이 확인되는 전통 시기 번역본은 대부분 제목이 '수호지'인데, 중문본에 비해 더 넓은 독자층을 확보했을 번역본이 대중들에게 두루 영향을 미쳤을 것으로 볼 수 있는 까닭이다.

국내에서 『수호전』이 인기를 끌게 된 원인을 좀더 짚어보자면, 우선 내용적으로 기존에 국내에서는 볼 수 없었던 센세이셔널한 문제작이었다는 점이다. 게다가 『삼국지연의』와는 또다른 언어 형식과 더불어 특히 그 생동한 묘사가 당시 소설로서는 최고 수준이었기에 금세 독자들을 매료시킬 수 있었던 것으로 보인다.

관련해서 언급하지 않을 수 없는 것은 조선 후기 김성탄(1608~61) 평점본의 유행이다. 『수호전』의 국내 독자층이 확연히 넓어진 18세기가 바야흐로 김성탄 평점본의 전성시대이기도 했던 것과 긴밀히 연관되어 있는 것이다. 김성탄본의 인기는 작품에 도덕적 외피를 씌우고 한낱 소설 나부랭이가 아닌 '문장'의 모범으로 그 가치와 지위를 크게 격상시킴으로써 지식층의 거부감을 최소화한 것에 기인한 바가 컸다.

대략 17세기를 전후로 중국의 통속문학작품들이 대거 국내로 유입되면서 갈수록 널리 읽히고 커다란 영향을 낳게 된다. 중국에서도 대단한 인기를 끌었던 김성탄본 『수호전』 역시 이런 문화적 흐름 가운데 국내에 전래되면서 18세기 전후 주로 경화사족京華士族이나 실학자, 중인들 사이에서 각별한 사랑을 받았다. 물론 그 뛰어난 예술성 때문이기도 했지만, 특히 김성탄본이 보여주는 다양한 평비 형식이나 문학관념의 혁신성이 당시 정치적으로는 주변부에 속해 있던 문인들에게 하나의 새롭고 참신한 대안문화로 받아들여진 데 힘입은 바가 컸다. 무엇보다 김성탄이 『수호전』을 이른바 '재자서才子書'라 명명하며 정통문학과 동등하게 천하 재자들이 반드시 읽어야 하는 책으로 지위를 격상시킨 것에 크게 고무되었다.

김성탄은 『장자莊子』, 『이소離騷』, 『사기史記』, 두보杜甫 시, 『수호전』, 『서상기西廂記』를 성탄재자서聖歎才子書라 하여 기존에 정통문학으로 간주되지 않았던 『수호전』이나 『서상기』 같은 소설과 희곡을 동일 반열에 올려놓았다. 이런 파격적인 관념이 조선 문인들에게 큰 파장을 일으켰던 것이다. 더욱이 『수호전』의 색다르면서도 뛰어난 문체, 그리고 김성탄의 독특한 비평과 자유분방하고 개성 있는 글쓰기 스타일은 당시 조선에 신선한 자극을 가져다주었다.

예를 들어 『흠영欽英』이라는 유명한 독서일기를 남긴 유만주俞晚柱(1755~88)의 경우 당연히 『수호전』도 탐독했는데, 그가 김성탄의 영향이 널리 퍼져 남인과 서얼 무리의 문장이 되었다고 했던 것도 이런 맥락에서 이해할 수 있다. 또 김성탄의 『수호전』과 『서상기』를 읽은 후 문체가 크게 변했다는 이만수李晩秀(1752~1820)에 관한 기록이 전해지고 있기도 하다. 이런 예들에서 단적으로 드러나듯, 당시 문인들의 『수호전』 애호는 글쓰기에 상당한 변화를 가져올 만큼 영향력이 컸음을 알 수 있다.

물론 우려와 반론도 만만치 않았다. 정조의 경우 근래 잡서를 좋아하는 자들이 『수호전』은 『사기』와 비슷하고 『서상기』는 『시경』과 비슷하다고 한다며 비판하기도 했고, 정약용은 "요즘 뛰어난 선비들이 대부분 『수호전』, 『서상기』 같은 책에서 발을 빼지 못한다"고 우려하기도 했다. 뒤집어보면 그만큼 당시 문인들이 『수호전』에 경도되고 크게 영향받았음을 반증해주는 대목이라 할 것이다. 이처럼 당시 새로운 문화를 주도해나가던 문인층의 특별한 애호가 국내 『수호전』 독서열의 진원이 되면서 이후 점차 그 영향력이 확산되어간 것으로 보인다.

정조의 문체반정을 야기했을 만큼 당시 문화계에 큰 영향을 주었던 중국 백화문학은 정통 한문의 틀을 동요시키기에 충분했고, 더 나아가 어느새 일종의 확장된 한문교양의 일부를 이루게 되었다. 백화가 섞인 중국 통속문학작품들이 대거 수용되면서, 급기야 새로운 문화적 트렌드가 되었던 것이다. 이를 향유하기 위해서는 백화 통속문학작품의 독서, 나아가 '학습'이 필요해졌음은 두말할 나위 없다. 그리고 그런 작품들 가운데 『서상기』와 함께 가장 대표적인 작품으로 꼽힌 것이 바로 『수호전』이었다.

이는 『주자어류朱子語類』 같은 책을 공부하기 위한 백화 어휘 사전인 유가儒家 『어록해語錄解』와 유사한 '소설어록해'의 출현과 유행에서도 엿볼 수 있다. 특히 「수호지어록」과 「서상기어록해」가 유가 『어록해』와 한 책으로 묶여 전하는 경우도 더러 있었다. 지금까지도 많이 남아 있는 필사본 '소설어록해' 가운데 「삼국지어록」이나 「서유기어록」은 잘 보이지 않고 「수호지어록」과 「서상기어록해」가 특별히 많이 보이며 또 함께 수록되어 전하는 경우가 많다는 점에서 김성탄의 영향이 컸음을 다시 한번 확인할 수 있다. 18세기에 이의봉李義鳳이 편찬한 방대한 사서辭書 『고금석림古今釋林』에도 이 두 어록의 일부가 '전기어록傳奇語錄'이라는 명칭으로 수록되어 있다. 당시 그 어휘와 표현들을 얼마나 중시했는지 엿보게 해주는 한 단면이라 할 것이다.

이처럼 조선 후기에 새롭게 '정전'의 반열에 오른 명작을 다투어 깊이 향유하면서 백화의 유행으로 확장된 한문교양을 습득하는 차원의 독서 열기가 뜨거웠던 것이다. 그 핵심 독자층은 아무래도 정

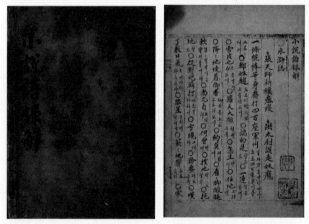

그림 9-1 '소설어록해'는 「수호지어록」과 「서상기어록해」가 한 책으로 묶여 있기도 했다. 그중 「수호지어록」.(버클리대학교 소장본)

통 한문을 고수하는 사대부보다는 일정 수준 이상의 문식을 갖추고 있으면서도 상대적으로 자유로운 독서와 글쓰기가 가능했던 위항委巷의 문사들, 곧 일종의 주변의 지식인 또는 식자층들이었다. 물론 그 가운데는 중국어에 익숙한 역관譯官들도 포함되었을 터이고, 그 일부는 어록해나 번역 등에 관여했을 것으로 보인다.

그렇다고 해서 김성탄본 위주로만 읽혔던 것은 아니다. 100회본이나 120회본 계통 등도 두루 읽히고 나아가 한글로 번역되어 향유된 것으로 보인다. 가령 허균이 읽고 논평을 남긴 시기는 김성탄본이 처음 간행된 1641년 이전이었으므로 그가 읽은 것은 분명 기존에 간행된 『수호전』이었다. 또 한글 번역은 김성탄본 등장 이전부터 이루어지기 시작한 점도 언급해둘 만하다. 국내에 현존하는 『수호전』 판본으로는 김성탄본 계통이 가장 많이 남아 있는 반면, 확인되는 한글 번역본은 대부분 120회본 계통을 저본으로 삼은 것에서도 이를 엿볼 수 있다. 19세기 이후 상업적으로 출판된 『수호전』 번역본들 역시 대개 120회본 계통을 바탕으로 이루어졌다.

어록해와 한글 번역은 『수호전』이 유입되어 인기를 얻기 시작한 17세기부터 이미 이루어졌던 것으로 보이며, 이는 독자층의 확대에 결정적인 기여를 했을 것이다. 중국어와 한문에 능통하지 못한 대다수의 독자들이 어록해를 참고하거나 한글본을 읽었다고 봐야 할 것이다. 필사본 형태로 유통되며 널리 읽히던 한글 번역이 이룬 성과의 바탕 위에서 조선 말기에는 상업적 출판물인 이른바 방각본들이 등장하게 되고, 도서대여점인 세책방의 세책본으로도 유통되었다. 근대에 와서는 여러 종의 활자본은 물론 신문·잡지 연재 등을 통해 인기를 이어갔고, 이후 여러 형태의 현대 번역본이나 축약본 등이 출현하면서 독서열을 이어갔다.

이런 흐름 속에서『수호전』의 자극과 영향하에 국내 창작물들이 지어지기도 했다. 허균이 지었다는 최초의 한글소설『홍길동전』을 위시해서 근대 시기의『홍장군전』,『한씨보응록』, 현대의『임꺽정』, 『장길산』등에 이르기까지 많건 적건 음양으로『수호전』의 영향을 받은 것으로 평가되고 있다. 그런가 하면 김성탄 비평본의 영향으로 그 비평을 원용한 소설이나 다양한 텍스트들이 출현하기도 했다. 이밖에도 현대에 와서는 중국, 일본 등과 마찬가지로 만화나 영화, 게임 등 다양한 현대의 문화콘텐츠로 변주되어 향유되고 있다.

이처럼『수호전』은 국내에서 적어도 400년 이상 꾸준히 인기를 이어오는 손꼽히는 중국 소설이며, 그것이 문화적 자양분이 되고 국내의 콘텍스트와 만나면서 새로운 것들로 재탄생하기도 하는 등 우리 문화의 지평 확대에 기여한 바가 적지 않다. 모든 것이 급변하는 오늘날, 그리고 누구도 예측하기 어려운 다가오는 미래에『수호전』은 또 어떻게 읽히고 변용되며 생명력을 이어갈까. 그 열린 가능성은 결국 새로운 수용자들의 몫으로 남아 있다고 할 터이다.

신이 된 영웅들

송강 등이 독살된 사실조차 모르고 여느 때와 같이 호화로운 향락에 젖어 지내던 휘종은 꿈속에서 대종에게 이끌려 양산박에 이르게 된다. 억울한 누명을 쓴 송강 등이 황제의 꿈에 현몽했던 것이다. 송강은 자신들의 변함없는 충정과 원통한 죽음을 휘종에게 눈물로 하소연한다. 그리고 천제가 자신들의 충의를 가엽게 여겨 양산박의 토지 신령으로 봉했음을 아뢴다. 이때 이규가 갑자기 쌍도끼를 휘두르며 달려드는 바람에 휘종은 소스라쳐 꿈에서 깨어난다.

휘종은 곧 송강 등이 억울하게 죽은 사실을 확인하고 슬퍼하며 송강을 충렬의제영응후忠烈義濟靈應侯로 추증한다. 사후에나마 그 충의지심과 공을 인정받고 드디어 제후의 명예를 얻게 된 것이다. 양산박에는 호한들의 신상을 세운 사당을 세우게 하고 '정충지묘靖忠之廟'라는 친필 편액을 하사하여 그들의 넋을 위로하고 대대로 기려지게 한다. 후에 이곳에 송강의 신령이 여러 차례 나타났고 백성들은 사시사철 끊이지 않고 제를 지냈으며, 그리하여 양산박에서는 바

그림 10-1 휘종 황제가 꿈에 양산박을 찾아가는 장면. 원통한 죽음을 휘종에게 눈물
로 하소연하는 송강과 쌍도끼를 휘두르며 달려드는 이규.(『수호전전』)

람을 빌면 바람을 얻고 비를 빌면 비를 얻었다.

한편 송강 등이 초주楚州 요아와蓼兒洼에서 죽어 묻힌 후 그곳 백성들도 그들을 기려 사당을 세우고 철마다 제를 지냈다. 여기에도 송강의 신령이 여러 번 나타나고 마을 사람들이 기도를 드리면 영험하지 않은 때가 없는지라 황제에게 상주하여 편액을 하사받고 108인의 신상을 세웠는데 그 고적이 지금까지도 남아 있다고 한다.

여기까지가 송강 등이 죽음을 맞이한 뒤의 이야기이다. 그들의 비극이 가려지지 않고 뒤늦게나마 현세의 보상을 받음과 더불어 백성과 하늘을 감동시켜 신이 된 것으로 그려지고 있는 것이다. 이 외에도 방랍 정벌 시 적진에 잠입하다 사망한 장순張順은 항주 서호西湖의 용왕을 감동시켜 용궁의 신이 된 것으로 그려지고 있는가 하면, 역시 방랍 정벌 후 도교에 귀의한 대종은 사후 태안주泰安州 악묘嶽廟의 신령이 된 것으로 묘사되고 있기도 하다.

구체적으로 묘사되지는 않지만 마지막에 양산박 호한들은 모두 신령이 된 것으로 마무리된다. 그리고 그 중심에는 역시 송강이 있다. 송강은 원래 하늘의 신격이었음이 이미 구천현녀의 말을 통해 언급되고 있기도 한데, 그런 양산박의 리더가 죽어서도 우두머리 신이 된 것으로 매듭짓고 있는 것이다. 송강 등이 현실 세계 속에서는 결국 비극적 결말을 맞이하지만, 민중의 염원이 깃든 이야기 속에서 영웅들을 참담한 비극 가운데 덧없이 사라지도록 내버려두기는 어려웠을 터이다. 다른 한편으로 이는 108인이 하늘의 별에서 세상에 내려온 특별한 존재들로 그려지는 작품의 서두와 전후 호응을 이루며 하나의 상징체계를 완성하는 것이기도 하다.

중국의 고전 서사에서 철저한 비극을 찾아보기란 매우 어렵다. 비극적인 내용을 담고 있다 해도 이른바 대단원大團圓식의 결말을 이루는 것이 보통이다. 여기에는 극단을 지양하고 균형을 지향하는 정서와 심리가 담겨 있고, 이는 뿌리 깊은 문화 현상으로 굳어져 전해 내려왔다. 이런 대단원의 결말은 전통 시기 독자들에게 심리적 평형감과 위안을 가져다주는 역할을 해왔다.

수호 영웅들의 뒷이야기는 크게는 이런 전통을 잇고 있는 것이다. 이유를 막론하고 수많은 생명의 희생을 낳은 그들의 죄행을 씻는 차원에서나 영웅의 출현을 기대하는 민중의 갈망에 부합하기 위해서도 독자들의 심리적 충격을 완화하고 마음을 달래줄 무언가가 없어서는 안 되었던 것이다. 단순히 신이 되었다는 것에 그치지 않고 백성들이 기도를 드리면 감응해주지 않는 바가 없었다고 하는 데서 호한들을 민중의 괴로움에 귀 기울이고 그들의 이상을 대변하는 존재로 남게 하려 한 의도가 역력하다.

북송 중기의 유명한 무장인 적청狄青이나 남송의 항금抗金 명장 악비岳飛는 혁혁한 전공을 세우고도 이용만 당하고 중용되지 못하거나 심지어 모반 혐의만으로 사형에 처해지는 운명을 맞았다. 적청은 전설의 영웅이 되어 무곡성武曲星의 화신으로 일컬어졌고, 악비는 금나라에 의한 북송 멸망에 대한 안타까움이 투영되면서 악왕

嶽王이라는 민족 신으로 널리 숭배되어오고 있기도 하다. 민족의 영웅이 민족의 신이 된 케이스이다. 양산박 호한들의 이야기 또한 이런 사례와 사뭇 닮아 있다. 민중이 역사를 바라보는 관점과 거기에 의미를 부여하고 염원을 기탁하는 방식에서 닮은꼴을 보이는 것이다.

그러나 그들이 신이 되었다고 해서 세상이 근본적으로 바뀌는 것은 아니었다. 나라를 기울게 하고 호한들을 도적으로 내몰아 끝내 그들을 파멸에 이르게 한 간신 세력은 아무런 타격도 입지 않은 채 건재했기 때문이다. 송강 등이 독살된 억울함이 확인된 상황에서도 그들은 끝까지 황제를 속이고 자리를 보전하는 것으로 그려지고 있다. 황제의 혼용과 간신들의 전횡이라는 근본적인 문제는 여전히 남아 있는 반면 양산박 무리는 어쨌든 현세에서는 제거된 것이며, 바로 이런 점으로 인해 그들은 비로소 진정한 영웅이자 충의의 화신으로 부각되고 길이 남을 수 있게 되었다.

독자들의 비판의 화살이 끝내 간신들에게로 쏠리고 수호 영웅들의 이야기는 레전드가 되어 오래도록 계속될 수 있는 것이 바로 이 지점이다. '수호' 곧 세상의 가장자리로부터 새로운 세계를 만들고 세상을 재건하려 했던 수호 영웅들의 의기투합과 장쾌한 꿈은 이로써 민중 나아가 민족의 신화가 되고, 그들이 신으로 부활함으로써 양산박 또한 가치론적 심상공간으로 전승될 수 있었던 것이다.

천강성 모두 다 하늘로 돌아가고

지살성도 모두 다 땅속으로 들어갔네.

신령 되어 길이길이 사당에 모셔지니

영웅으로 만세토록 청사에 남으리라.

재소환되는 장르콘텐츠의 원형

젊어서는 『수호전』을 읽지 않고 늙어서는 『삼국지연의』를 읽지 않는다는 말이 있다. 혈기왕성한 젊은 나이에 폭력이 난무하는 『수호전』을 읽는 것은 위험하고, 세상을 어지간히 알 만한 나이에 권모술수가 가득한 『삼국지연의』를 읽으면 지나치게 노회해질 수 있다는 것을 경계한 말일 터이다. 하지만 『수호전』과 『삼국지연의』는 공통점도 적지 않으므로 절대시할 말은 못 된다. 여하튼 일찍부터 이런 말을 듣고 자란 아이들은 호기심에라도 『수호전』을 더 보고 싶지 않았을까.

무관심했다 해야 할지 무지했다 할지, 나는 어려서 『삼국지』는 어깨너머로나마 대강 이야기를 알고 자랐지만 『수호전』에 대해서는 거의 모르고 자랐다. 돌이켜보면 중국 서사 전공자로서는 부끄럽고 아쉬운 일이다. 내가 『수호전』에 대해 그나마 좀 알게 된 것은 학부 시절 중국문학사를 공부했을 때였고, 원작을 읽기 시작한 것은 석사 과정에 입문하고 나서였다. 그 무렵 어느 유명 프로레슬러가 노지심이라는 링네임을 쓰기 시작해 흥미를 끌었던 기억이 새롭다. 아무튼 젊은 연구자 지망생에게『수호전』은 이야기가 흥미로우면서도 어딘가 모르게 '울퉁불퉁'한 듯한 느낌을 주면서 자못 관심을 끄는 텍스트로 다가왔다.

『수호전』과 나의 좀더 의미 있는 인연이라 할 만한 것은 박사과정 재학 당시 첫 학술논문으로 게재한 것이『수호전』관련 글이었다는 점이다. 이후 중국 유학 시절 TV드라마『수호전』에 빠져 인물들의 대사를 따라 해보곤 했던 기억도 추억으로 남아 있다. 이런 인연은 교수 초년 시절 중국어 학습교재인 발췌본 중한대역『수호전』출판으로 이어지기도 했다. 이후『서상기』의 국내 수용 양상에 관해 장기간 연구하면서 김성탄의 영향으로『서상기』와 나란히 거론되며 널리 읽혀온『수호전』의 국내 전파와 수용에 대한 관심도 생겨나게 되었다.

그러던 차에 몇 년 전 같은 분야를 연구하는 몇몇 동료들 사이에서 대표적인 중국 고전 서사 작품을 평이하게 풀어서 작은 책자를 내보자는 의견이 모아졌다. 국내 중문학계에는『수호전』전공자가 거의 없다시피 한 상황이 가장 큰 이유였겠지만, 각자 작품을 정하다보니 결국 전문가라 할 수도 없는 내가『수호전』을 맡게 되었다. 이렇게 해서 나는 다시『수호전』과 한 걸음 더 가까워지게 되었다.

하지만『수호전』에 대해 어느 정도 지식이 있다고는 해도 일반 대중까지 염두에 두고 이해하기 쉽게 풀어서 책을 쓰는 일은 일반 연구와는 또다른 차원의 문제였다. 하여 나는 처음부터 다시 작품을 차근차근 읽고 관련 자료들을 두루 뒤지면서 공부하고 정리하는 과정을 거치지 않을 수 없었다. 덕분에 『수호전』을 몇 차례 더 정독하는 기회를 가질 수 있었다. 나도 이제 중년의 한복판에 서 있으니 비교적 적기(?)에 『수호전』을 제대로 다시 읽게 되었다고나 할까. 여하튼 이러한 인연과 노력이 낳은 작은 결실이 바로 이 책이다.

나는 이 책에서 『수호전』의 특정한 면에 집중하기보다는 작품에 관한 주요한 면면들을 짧은 편폭 안에 가급적 충실히 담아보고자 노력했다. 텍스트 자체에만 머물지 않고 콘텍스트를 함께 드러내고자 했다. 여기에 한국적 상황과 시각도 가미하였다. 물론 집필 과정에서 기존 연구성과에 적잖은 빚을 졌고, 그것들로부터 얻은 자양분을 내 나름의 틀에서 재구성하였다.

짧은 책이지만 고전 작품 하나를 교양서 성격으로 풀어쓴 것은 이번이 나의 첫 시도이다. 그런 만큼 미흡한 부분이 적지 않을 것이다. 그러나 나는 이 책을 통해 좀더 많은 독자가 『수호전』에 관심을 갖고 이해를 넓히며, 나아가 원작을 읽는 데까지 나아갈 수 있기를 바란다. 그런 취지에서 아래 몇 마디 췌언을 덧붙인다.

지난 수백 년간 동아시아를 중심으로 널리 읽혀온 『삼국지연의』와 『수호전』은 중국 고전 장편 장회소설의 원조이자 양대 산맥이다. 한데 이들 작품의 출현은 기본적으로 송대 이후 북방 이민족 등 주변 세력이 강성해지면서 출현한 일종의 '중국'식 애국주의와 민족주의 정서에 근원을 두고 있다. 이러한 경향은 이들 작품의 거대한 영향 하에 후대 다른 작품들에서 변주되며 재생산되어왔다. 이런 경향성은『수호전』의 계보를 잇는 영웅소설 계통은 물론, 그 방계라 할 현대의 무협소설, 특히 국내에서도 큰 인기를 끈 진융金庸의 소설 등에까지 이어지면서 여전히 수많은 독자와 시청자들에게 수용되고 있다. 이런 정서적·사상적 맥락을 통시적으로 바라볼 때『수호전』이 그 중요한 원천으로 기능해오고 있다는 것이다. 물론 이런 맥락에 대한 온전한 이해를 위해서는 해당 시기에 대한 공시적 접근이 뒷받침되어야 함은 말할 나위 없다.

한편『수호전』이 오랫동안 널리 읽혀온 데는 그 양가성 혹은 다성성이 중요한 역할을 해왔다는 점도 짚어둘 만하다. '의'와 '충' 곧 민초의 시각과 지배층의 시각, 성聖과 속俗, 폭력성과 정의로움, 희극성과 비극성, 인물 성격의 다면성 등 보는 시각에 따라 해석 가능성이 열려 있는 지점들이 많은 텍스트라는 것이다. 인상적인 캐릭터들이 펼쳐내는 흥미진진한 이야기와 다채로운 풍속도와도 같은 작품 속에는 이처럼 서로 다른 시각과 가치관, 인간 군상의 다양하고 복잡한 면모 등이 정제되지 않은 듯 혼효하는 양상을 드러내곤 하는 까닭이다.

다소 엉뚱하게 비쳐질 수도 있겠으나, 작품의 이런 면모를 고려할 때 가령 자본이라는 막대한 권력, 갈수록 심화되는 양극화, 신냉전

체제로 흘러가는 국제 정세 속에서 『수호전』은 또 읽는 이에 따라 어떻게 다르게 재해석될 수 있을까. 오늘날 우리가 당면한 여러 사회 모순이나 인간의 본질적·존재론적 문제들을 투영시켜본다면 『수호전』은 여전히 시대를 뛰어넘어 좀더 생생한 모습으로 다가와 새로운 시사점과 영감을 가져다줄 수 있을 것이다.

마지막으로 영웅서사문학 혹은 콘텐츠로서의 원형성을 새삼 강조하지 않을 수 없다. 비근한 예로 2014년에 개봉된 국내 영화 〈군도: 민란의 시대〉는 21세기에 한국적 맥락에서 리메이크된 영상 『수호전』이라 할 만하다. 오랫동안 어린이들의 인기를 끌고 있는 유희왕 카드게임 캐릭터에는 '염왕炎王'이란 시리즈 명칭하에 『수호전』의 주요 캐릭터들이 변용되어 있기도 하다. 전통 시기 중국에서 『수호전』 인물들을 소재로 한 골패놀이가 널리 유행했던 것을 연상케 하는 대목이다.

그런가 하면 『수호전』의 캐릭터들은 물론이고 그 플롯이나 모티프, 서사 기법 등은 전통 시기에 하나의 '문법'으로 자리잡았듯 지금도 무협소설 등 각종 문학작품은 물론 새로운 매체와 결합된 웹소설, 웹툰, 게임, 영상물 등으로 국내외에서 다양하게 변주되어 마니아들 사이에서 인기를 이어가고 있다.

중국 송대에 형성된 '수호' 이야기는 천년의 세월이 지나도록 여전히 다양한 모습으로 우리 주변에서 그 생명력을 입증하고 있다. 그도 그럴 것이 『수호전』은 영웅 서사의 프로토타입이자 캐릭터들의 보고인 까닭이다. 『수호전』은 장르콘텐츠의 원형으로서 끊임없이 재소환될 수밖에 없는 기념비적인 지위를 지금도 굳건히 유지하고 있는 것이다.

이처럼 『수호전』의 광범위한 영향과 그것이 낳은 넓은 스펙트럼을 고려한다면, 세대를 불문하고 여전히 한번쯤 원작에 관심을 기울여볼 만하지 않은가. 젊어서는 『수호전』을 읽지 말라는 말일랑 일단 접어두고, 특히 관심은 있되 단편적인 지식에 머물러 있는 젊은 독자들에게 일독을 권하고 싶다. 그것이 비판적이고 창조적인 재생산으로 이어질 수 있기를 바라며……

이 책이 세상과 만나게 될 인연이 맺어질 무렵 팬데믹이 절정을 향해 치닫고 있었다. 그 어려운 시기에 부족한 원고를 긍정적으로 봐주시고 흔쾌히 출판을 허락해주신 뿌리와이파리의 정종주 대표님과 박윤선 주간께 우선 깊은 감사의 말씀을 올린다. 특히 처음부터 끝까지 원고를 꼼꼼히 살펴 기워주시고 다량의 삽화를 넣어 더 번듯한 책이 될 수 있도록 노고를 아끼지 않은 박윤선 주간에게 거듭 감사의 마음을 전한다. 책이 나오기까지 여러모로 수고해주신 다른 편집 관계자분들께도 두루 고마움을 표한다. 아울러 내가 이 책을 쓸 수 있도록 인도해주신 김지선 선생님, 뿌리와이파리와의 인연을 매개해주신 권운영 선생님, 기꺼이 초고를 봐주시고 조언과 격려를 아끼지 않으신 송정화 선생님께도 감사드린다. 여전히 미흡한 점들은 전적으로 필자의 몫임을 겸허히 인정하며 독자 여러분의 아낌없는 질정을 바란다.

2022년 만추에 노들강변을 바라보며

김효민 삼가 씀

| 주요 참고문헌 |

『一百二十回的水滸』, 商務印書館香港分館, 1983.

金聖歎 批評, 『水滸傳』, 齊魯書社, 1991.

연변대학 수호전 번역조 역, 『新譯水滸志』, 청년사, 1990.

방영학·송도진 역, 『수호전』, 글항아리, 2012.

이혜순, 『水滸傳硏究』, 정음사, 1985.

조관희, 『水滸傳에 나타난 義와 忠의 갈등구조에 대한 硏究』, 연세대학
　　교 석사학위논문, 1986.

王珏·李殿元, 『水滸大觀』, 四川人民出版社, 1995.

楊義, 『中國古典小說史論』, 中國社會科學出版社, 1995.

『名家解讀水滸傳』, 山東人民出版社, 1998.

미야자키 이치사다 저, 차혜원 역, 『중국사의 대가, 수호전을 역사로 읽
　　다』, 푸른역사, 2006.

浦安迪(Andrew Plaks) 著, 沈亨壽 譯, 『明代小說四大奇書』, 三聯書店,
　　2006.

류짜이푸 저, 임태홍·한순자 역, 『쌍전: 삼국지와 수호전은 어떻게 동양
　　을 지배했는가』, 글항아리, 2012.

신지영, 『희곡으로 읽는 수호전』, 새문사, 2003.

거자오광 저, 이원석 역, 『이 중국에 거하라』, 글항아리, 2012.

유춘동, 『조선시대 수호전의 수용 연구』, 보고사, 2014.

최용철, 『사대기서와 중국문화』, 고려대학교출판문화원, 2018.

김효민, 「『수호전』 구조의 특징에 대한 고찰」, 『중국어문논총』 제14집, 1998.

김효민, 「華夷觀과 '중국의식'의 시각에서 본 『수호전』」, 『중국어문논총』, 제106집, 2021.

수호전, 별에선 온 영웅들의 이야기

2022년 11월 10일 초판 1쇄 찍음
2022년 11월 25일 초판 1쇄 펴냄

지은이 김효민

펴낸이 정종주
주간 박윤선
편집 박소진 김신일
마케팅 김창덕

펴낸곳 도서출판 뿌리와이파리
등록번호 제10-2201호(2001년 8월 21일)
주소 서울시 마포구 월드컵로 128-4(월드빌딩 2층)
전화 02)324-2142~3
전송 02)324-2150
전자우편 puripari@hanmail.net

디자인 가필드
종이 화인페이퍼
인쇄·제본 영신사
라미네이팅 금성산업

값 13,000원
ISBN 978-89-6462-184-4 (03820)